wodemuyuke

我的母语课

亲近母语研究院⊙编著

青岛出版社 国家一级出版社
PUBLISHING HOUSE 全国百佳图书出版单位

丛书编委会

主编

徐冬梅　岳乃红

编委

（按姓氏笔画排序）

丁　云	丁筱青	丁慈矿	王小庆
吉忠兰	吕　栋	朱　煜	刘咏春
刘　颖	邱凤莲	冷玉斌	邵龙霞
张学青	周其星	周信东	周益民
郭史光宏	郭初阳	谈凤霞	曹春华
黄晓丹	蒋军晶	蔡朝阳	瞿卫华

出版说明

　　《我的母语课》适合比较重视阅读、有较好文学素养的教师作为文学教材或者阅读课本使用。

　　目前出版的是小学卷，分年级编写，共十二册，每个学期一册。每册十七个单元，含十六个主题单元和一个整本书阅读单元。

　　十六个主题单元的设计都是精心安排的。这些主题单元的设计有两个维度：

一、以儿童的精神发展为"经"

　　从儿童的精神发展和生命体验出发，从"人与自我"、"人与社会"、"人与自然"三大主题开拓出去，从一年级到六年级，我们安排了若干主题，按照儿童成长的阶梯，选择适宜的文本来陪伴他们的精神成长。例如"亲情"主题，每一个年级都设有专门的单元，选择风格不同的文本来体现不同阶段儿童对亲人的感情。从一年级直接表达"妈妈的爱"，到二年级下册的"晚安，老爸"，到四年级的"外婆，你好吗"，到五年级的"奶奶的羊角洼"、"我的祖父祖母"，儿童体验亲情的角度和深度都有不同。"自我"、"朋友"主题也是在每个年级都设置了单元来让儿童阅读和体会，因为自我的认同、发现以及伙伴和朋友是儿童生活中的重要主题。但各个年级选择的文本、表达的角度都是不同的。可以说，这套教材对儿童生活的各个方面都力求选择适宜的文本来体现。上学、森林、四季、童年游戏、老师、猫和狗、书、体育、土地和河流，甚至"文革"、战争、幸福、自由和权利也都进入了儿童文学阅读的内容。让孩子们去阅读这些文本，你就会感觉到，我们不能低估孩子们的阅读能力，同时应相信经典文学文本的力量。

二、以文学体裁的阅读为"纬"

这套书应该是国内目前为止唯一一套将文学的阅读体验和文学的阅读方式放到如此突出位置的书。

在规划整套书的时候，我们力图将儿童可以阅读的各种文学体裁进行展现，同时力求科学体现文学体裁与儿童阅读能力之间的关系。你如果认真研读这套教材，不难发现我们安排文学体裁的序列。

每一册都是以诗歌单元开启的。低年级儿童识字不多，且喜欢有韵律的文字，所以低年级一般安排了四个单元的诗歌，并以童谣童诗为主。随着年级的升高，诗歌单元逐渐减少为两个单元。其中一个单元为童诗单元，一个为适合儿童诵读的现代中外诗歌单元。在诗歌教学中充分重视诵读和语言的品味。

童话是贯串始终的一种文体，但各个年级安排的童话的层次是不同的。低年级更多选用民间童话和结构简单的童话，中年级则有一些情感更丰富、情节更复杂的童话出现，而高年级则安排了《犟龟》《玫瑰树根》这样的哲理童话。

动物故事、科学文艺也是每个年龄段都有的文体，但各个年级出现的单元的形式又是不同的。以科学文艺为例，低年级有像《木木日记》这样的科学观察日记，更多的是科学童话；到了中年级则有了一些科学问答、科学小品文、科学幻想；高年级则有《光之山脉》这样的科学随笔，《神奇的亚马孙》这样的科考笔记，以及《诺贝尔获奖者和儿童的对话》这样的科学说明文。

儿童故事、儿童散文、儿童小说、儿童戏剧、读书笔记、日记、书信、演讲……几乎儿童可以阅读的文学文体，我们都设置了文本来体现；即使一些实用文体，我们也试图通过选择经典的、优秀的、具有一定文学性的文本向儿童做了展示。

不仅仅是文体的选择和安排，我们在每个单元的助读系统中还特地设置了"文学聚焦"专栏，并通过"点子库"、"微型写作课"等形式，帮助孩子们消化、内化和转化这些文学体验。

我们还特别设置了一些作家专题单元，例如"伊索寓言"、"小巴掌童话"、"比安基笔下的动物"、"小狐狸买手套"（新美南吉童话）、"黎达作品"、"安徒生童话"、"常新港的小说"、"鲁迅笔下的故乡、童年和人们"等等，遴选那些儿童在小学阶段应该阅读、可以阅读的重要作家，选择他们最优秀、最适合儿童的作品，单独设置完整的单元，让孩子们来阅读。在单元教学时，应特别注意这些作家作品在思想、文学表达、语言方面的个性。

每一册的最后一个单元为整本书阅读单元。从一年级到六年级，每一册我们都为孩子推荐了一本经典的儿童文学作品或者适合儿童阅读的文学经典，也就是每个年级两本，六年至少阅读十二本儿童文学作品。这些作品为《小熊温尼·菩》《小猪唏哩呼噜》《我和小姐姐克拉拉》《豆蔻镇的居民和强盗》《夏洛的网》《长袜子皮皮》《柳林风声》《我的妈妈是精灵》《小鹿班比》《西游记》《草房子》《小王子》。特别需要说明的是，因为篇幅的关系，我们只节选了最能体现这些作品思想艺术特色的一个片段。我们最希望老师鼓励孩子们读完整本书，在大家共读一本书的基础上，再来学习这个单元。整本书的教学不一定限制在一节读书课来解决，如果条件允许，可以通过系列的读书课来和孩子们讨论这些经典文学作品。我们也在教材中提供了系列的班级读书会的讨论话题。如果因为条件的限制，孩子们不能共读这本书，老师可以通过大声读的方式，让孩子们用耳朵倾听经典。即使一本书也没有，我们依然可以通过阅读教材中编选的这个片段的方式，让孩子们感受这些经典的魅力。

因为版权的关系，我们无法大量选入经典的图画书，这是一个很大的遗憾。同时，应该指出的是，孩子们一年读两整本书依然是很少的。十年来，我们通过大量的阅读和研究，以及反复的实践，研发了适合各个年级孩子阅读和开展班级读书会活动的图书目录，包括图画书和文字的儿童文学作品，以及非常优秀的百科图书，感兴趣的朋友可以登录亲近母语网站（www.qjmy.cn），查看"推荐书目"一栏。

诚挚地希望《我的母语课》能真正成为孩子们的文学初乳，成为他们生命成长中的重要养料，滋养他们，哺育他们，使他们成为精神清明、情感丰富、有独立理性、有中国根基的世界公民。

丛书编委会

让《我的母语课》成为儿童的文学初乳

■ 徐冬梅

在《我的母语课》这套书里，我们给孩子们安排的第一课是《摇篮曲》。在童谣的诵读中，在早已熟昵的"摇摇摇，摇到外婆桥，外婆叫我好宝宝……"的声音里，孩子们回到自己小小生命的诞生和开始，回到摇篮，回到母亲的怀抱，和母语温暖地相逢，开始他们人生第一次有计划的母语学习历程。

而第二课，我们则一下子把孩子们带到天地诞生的那一刻，为孩子们设置了《天地之初》单元。"天地玄黄，宇宙洪荒。日月盈昃，辰宿列张……"希望用《千字文》这千古传诵的韵文，让孩子们领略天地之始的洪荒和万物运行的节律。同时编选了中国远古神话《盘古开天辟地》，让儿童感受天地创生的神奇和英雄创世的伟大。

从"我"的诞生到天地的诞生，我们希望用母语给孩子们支撑起一片广阔的天空，用文学把孩子们带进天地之间。

我们是一群热爱童年、热爱母语、热爱教育的人。十多年来，我们坚持真诚地言说，扎实地建设。我们一直努力着，希望把儿童文学带给童年以及和童年相关的人们。我们致力于构建儿童本位的母语教育，承接五四先贤"发现儿童"的精神，

1

把"亲近母语，呵护童年"作为自己的使命。我们致力于寻求真正有意义的教育，希望"为尚未存在的社会培养新人"。

《我的母语课》是一次认真的尝试。尽管已经有不计其数的自读课本、语文读本、人文读本，其中也不乏优秀的读本，但经历了十多年的儿童阅读推广以后，在对小学语文教材进行深入的反思之后，在经历了民国语文教科书的畅销之后，我们希望进行一次艰苦的探索。我们认为，儿童的母语课应该从儿童学习母语的心理出发，同时应该将语言文字、语言文学、语言文化、语言哲学（或者说价值观教育）几个层面的教育融为一体。

我们希望，《我的母语课》能给孩子们充分的母语文字的熏陶。

很多年来，我们的小学语文教学一直让孩子们在做组词造句、改错别字、写同义词反义词的语言训练，这些枯燥的语言文字训练，不仅不能让儿童感受母语的魅力，也不能让儿童真正掌握母语的"工具性"。在《我的母语课》中，每一册我们都为孩子们编选了一些童谣童诗，让他们感受母语其实是一种有趣的"文字游戏"；占更多篇幅的童话、儿童故事、儿童散文则充分体现了母语文字可以带给儿童的乐趣。同时，每一篇选文后面，我们都从儿童的生活和母语学习出发，设置了丰富有趣的阅读理解题和语言应用题，让儿童在阅读和实践中更好地提高语感和对母语的运用能力。

我们希望，《我的母语课》能给孩子们丰富的母语文学的滋养。

在这套文学教材中，根据不同年龄儿童的阅读兴趣和母语学习能力，我们为孩子们选取了童谣童诗、儿童故事、民间故事、童话、儿童散文、动物故事、儿童小说、儿童戏剧、科学文艺等丰富多样的文学体裁。这些文学作品中有些是我国作家的作品，还有相当一部分是用母语翻译的国外经典的儿童文学作品，和能够被孩子们阅读和理解的成人文学作品。我们选择文本的标准是：经典性、文学性和儿童性完美地统一。我们希望每一个文本都是有光泽、有质感的，而且是让儿童读了感觉兴致盎然的。我们希望每一个单元的组合不是随意地相应主题选文的集合，而是在文本的组合中产生了新的意味，在对比阅读中让儿童对文学有更深的感悟和体验。

我们希望，《我的母语课》能让孩子们体验母语文化的魅力。

除了一些传统童谣和国内作家的原创作品，我们特地为孩子们设置了中国故事系列。例如一、二年级的民间故事、英雄传说、节日故事，三、四年级的四大民间传说、中国寓言、中国神话、名胜传说，五、六年级的历史故事、中华先贤故事。我们力求用故事的形式，在文学的阅读中，让儿童初步感受和他们的生活息息相关的中华文化。

怎样让儿童体会中国古代语言、古典文学、传统文化的魅力？这是编选中的一个难题。经过多次反复地讨论，我们决定仍通过主题单元的形式，从儿童的情趣出发，打破通常的编选角度，为孩子们每册安排了两个单元的古典文学（六年级为三个单元）。古诗单元我们通过主题组合，以熟带生，让孩子们感受古诗的趣味，并在对比阅读中产生新的意味。我们还特别从音韵出发，编选了朗朗上口的趣联、蒙学读本、农谚、对韵、古代寓言、诸子散文、明清小品文、古代百科文献等，希冀孩子们在反复的诵读中体会母语的韵律和传统文化的博大精深。

我们希望，《我的母语课》能帮助孩子们打下追求真善美的人性之根。

儿童语言发展的过程也是他们精神成长发展的过程。童年的阅读最终会内化为他们的生命。选文的过程是艰苦的，在选择每一个文本的时候，我们都要追问自己：这一篇有什么资格可以入选这部文学教材？文学表现的形式当然是重要的，但最重要的是，这篇作品闪烁着自然之光、人性之美吗？这篇作品能拨动孩子们的心弦，给他们以生命的感动吗？

总之，所有这些想法，我们希望在"文学教育"的层面得到完美的体现。我们不追求对儿童进行语言文字的训练，我们不追求向儿童灌输母语文化的知识，我们也不追求对儿童进行世界观、思想道德层面的教育。我们认为，儿童的生命是一个整体性的存在，小学阶段的孩子是真正属于文学的，他们是热爱故事和旋律的，他们在优质的文学阅读中可以得到生命成长所需要的一切东西。

CONTENTS

目录

苍蝇

单元导读

　　作家林文月曾与一只苍蝇共处，"慢慢的，好奇心取代了憎恶，我坐下来观察苍蝇……可是，我发现自己对于苍蝇的认识实在太少，如何辨别两只苍蝇之间的异同呢？这种微不足道的昆虫，其实或许也有各自的面貌、身段、特色，只是大部分的人都像我这般自以为是，把它们看作一个样子也说不定。不知道从苍蝇眼中看出来的人类是否也是一个模样呢？或许它所看到的我，也只是一个'人'而已。苍蝇与我各据一端，面面相觑……"

　　倘若是你，与苍蝇面面相觑，大眼瞪小眼，你会有什么发现，有什么感想呢？

苍　蝇①

〔日本〕小林一茶 著　周作人 译

不要打哪，
苍蝇搓他的手，
搓他的脚呢。

阅读思考

1.人们看到苍蝇的本能反应就是去打，你肯定也打过苍蝇，还记得当时打苍蝇的情景吗？

2.现在通行的"他、她、它"三个代词的区分，是大约在上世纪30年代中后期才最终确定的。周作人翻译这首诗的时间为1924年，诗里用的是"他"。若有可能，请查一下日文原诗，看看小林一茶最初所用的究竟是"他"还是"它"。

3.这首俳句意犹未尽，请为它加上第四句，把小林一茶的心里话完全地表达出来。

第四句：＿＿＿＿＿＿＿＿＿＿。

---

①选自《周作人散文精编》，浙江文艺出版社，1994 年版。

苍　蝇①

穆　旦

苍蝇呵，小小的苍蝇，
在阳光下飞来飞去，
谁知道一日三餐
你是怎样地寻觅？
谁知道你在哪儿
躲避昨夜的风雨？
世界是永远新鲜，
你永远这么好奇，
生活着，快乐地飞翔，
半饥半饱，活跃无比，
东闻一闻，西看一看，
也不管人们的厌腻。
我们掩鼻的地方，
对你有香甜的蜜。
自居为平等的生命，
你也来歌唱夏季。
是一种幻觉，理想，
把你吸引到这里，
飞进门，又爬进窗，
来承受猛烈的拍击。

---

①选自《穆旦诗全集》，李方编，中国文学出版社，1996年版。

阅读思考

1.这首诗采用对话的形式展开，第一遍读下来，你最喜欢哪两句？如果颠倒人称，把诗里的"你"都换成"我"，把"我们"换成"你们"，请再读一遍，你最喜欢的句子，还跟原来一样吗？

2.诗和散文是不同的，朱光潜先生说"诗是具有音律的纯文学"，你发现这首诗里押韵的规律了吗？

3.关于这首诗，穆旦给好友杜运燮的信里简略地提到了几句："运燮：……是自己忙，脑子里像总不停，结果写点东西，寄你三篇看看。《苍蝇》是戏作，因为想到运燮曾为你们的五六只鸡刻画得很有意思，说它们乐观地生活，我忽然在一个上午看到苍蝇飞，便写出这篇来。"① 仔细研究这首诗之后，倘若用一个词语来形容诗人对苍蝇的态度，你会用哪个词语？理由是什么？

_____

① 选自《穆旦诗文集2》，人民文学出版社，2006年4月版。

家蝇的妙计①

顾　城

一群家蝇"嗡嗡"聚集，
举行了一个空中会议，
研究哪里是安全的落点，
可以避免蝇拍的袭击。

它们争吵得两眼发红，
终于吵出个奇妙的主意，
那就是尽量在蝇拍上降落，
和可怕的对手靠在一起。

家蝇的丑事令人厌恶，
但请不要把哲理一同抛弃，
今天最难清除的祸患，
恰是我们身边的仇敌。

阅读思考

　　1.顾城的手稿上，圈出了最后一句里的"仇敌"，在旁边写了
另一个备选项"恶习"，如果请你来决定，你选择用哪一个词语？
为什么？

---

①选自《顾城诗全集》，江苏文艺出版社，2010年版。

2.这首诗一共三小节，顾城曾经把第三节全部重写，改成：

这是个过分平常的道理，
家蝇、蝇拍都在不断演戏；
家蝇的子孙绵绵不绝，
蝇拍也解决了失业问题。

你喜欢这个版本吗？为什么？

3.关于家蝇的妙计，散文家鲍尔吉·原野在《苍蝇》一文中也写到过：

我在无计可施之际，妙事发生了。
此物落在苍蝇拍上。
这不是骂我吗？让人苦笑，又得佩服。他不是一般苍蝇，是苍蝇王，大智且大勇。举例说，倘若他被推举为什么委员，我均折服。
我用苍蝇拍端着他，此虫歇了一会儿，越窗而出，投入新生活，并不理会我的注目礼。

为什么此计甚妙，为什么说这样做的苍蝇"大智且大勇"？

蝇①

〔英国〕威廉·布莱克 著　张炽恒 译

小小的蝇儿
你夏日的游戏
已被我的手
不慎拂去了。

难道我不是
你一样的蝇吗?
你不也是
我一样的人吗?

我喝酒跳舞,
唱唱歌曲,
直到盲目的手
擦伤我的羽翼。

若思想是生命
力量和呼吸,
而思想贫乏
就等于死去,

---

①选自《布莱克诗集》,上海三联书店,1999年版。威廉·布莱克(1757-
1827),英国诗人、画家,著有诗集《天真之歌》《经验之歌》等。

那我就是只
幸福的蝇，
不管我活着
还是死了。

 阅读思考

1.诗人艾略特说，一种独特的诚实让"布莱克的诗具有伟大的诗所具有的那种不愉快感"[1]。在这首诗里，有让你感到不愉快的句子吗？

2.第三小节里，"盲目的手"究竟是谁的手？"我"又怎么会有"羽翼"？

3.如果诗人拥有"幸福"是确定无疑的，那么反推回去，他"幸福"的前提是什么？你认同这样的幸福吗？

---

①选自《艾略特诗学文集》，王恩衷编译，国际文化出版公司，1989年版。

文学聚焦：诗歌反抗习惯

每个人都有自己的习惯，习惯成自然后，便会形成自己独有的思维、行为模式。这本是人类适应环境的一种方式，但长久地按照习惯生活，却容易导致人们对周围的一切丧失新鲜感，变得冷漠而麻木。

而诗歌的功能之一，恰恰在于帮助人们改变冷漠的态度，对司空见惯之事不再熟视无睹，不再麻木不仁，恢复对生活的新鲜感，带着一片生机打量眼前的一花一鸟、一鱼一虫。

按照习惯，人们一见到苍蝇，就会觉得肮脏可厌，要去驱逐拍打。诗歌则帮助你反抗这种习惯——小林一茶呼吁人们"不要打哪"，穆旦眼中的苍蝇是"好奇"而"快乐"的，顾城笔下的苍蝇是有智谋的，布莱克更是把自己等同于一只苍蝇。

在你已知的诗歌中，是否也有明显地反抗习惯、唤醒人们对生活的新鲜感的作品？

 ## 点子库：从文学到科学

小林一茶看到"苍蝇搓他的手/搓他的脚呢"，穆旦对苍蝇感慨地说，"我们掩鼻的地方/对你有香甜的蜜"，请从这两句诗出发，进行一番生物学的研究，解释以下三个问题：

1.苍蝇为什么要"搓"？

2.苍蝇"搓"的是三对足中的哪几对？

3.为什么人类觉得难闻的东西，苍蝇反而很喜欢？

上学和放学路上

单元导读

从前，我们的爷爷奶奶甚至爸爸妈妈，上学放学都是步行的。

那时，自行车都是稀罕物，更别说家庭小轿车了。上学，放学，多远的路都得靠双脚走，有人幽默地称自己的双脚为"11路公共汽车"。

那时，到处是村子，城市只是很小的一块地方。村子里的孩子，上学放学往往结伴而行。这一路，能看到多少有趣的风景，发生多少好玩的事情啊！

如果羡慕这种感觉，那么，你也来尝试一下：早点起床，步行上学、放学。当我们的双脚触着了坚实的大地，当我们把速度放慢下来，我们的眼睛会看到更多的风景——其实，那些风景一直都在，只是你行色匆匆，把它们给忽略了。

走在放学回家的路上[①]

（中国台湾）桂文亚

　　你有没有闭着眼睛走路的经验？小时候，我最喜欢做一些"自己和自己玩"的游戏，比如在放学途中，从校门口开始，专心踢一粒石子回家，或是计算火车进站的时间，远远地听到汽笛声一响，便开始从家门口"起跑"，看自己能不能在火车进站前赶上火车啦，等等。

　　闭着眼睛走路，就是其中一种"自己和自己玩"的游戏。通常，我选择的是一条没有车也没有人的乡间小路，两旁都是稻田，"会动"的东西可能只有草丛里近视的大青蛙和神经质的、一碰就跳的蚱蜢，所以，绝对可以大胆地"瞎走"。

　　有一个暑假，我们每天上午都到学校补习——我们那时小学生的功课压力比现在还重！就拿暑假来说吧，五、六年级的学生，每天上午还得到学校上课，唯一的区别，就是可以不穿校服、鞋子，可以自由地穿便服和木屐[②]。

　　我就是那个穿着木屐去学校补习的小学生。下课后，最高兴的一件事，就是把脚伸进校门边的小河里"荡一荡"，等经过景美戏院斜对面的那口井时，还要再继续用冰凉凉的井水把脚冲一冲，或者，干脆把自己弄得一头一脸一手的湿。

　　你一定能想象得到，那种感觉有多舒服！暖洋洋的太阳晒在湿湿的皮肤上，就像熨(yùn)斗温柔地熨着一件皱皱的衣服，慢慢地，你可以感觉到毛孔畅快地舒张了起来，水汽微微地蒸发了，身上散发着一股新鲜味儿。

[①]选自《少年文艺》，1993年第2期。
[②]木屐（jī）：木头鞋。

　　我仰着脸，闭着眼，让太阳暖烘烘地晒着。这时候，眼前是一片猩红，而这一大片猩红里，又出现了一个会跑的小黑点。我闭着眼睛"看"着这个小黑点，小黑点开始逃走。我追着它，一会儿追到上面，一会儿追到下面，脚步也开始加快。我觉得自己快要跌倒了，赶快睁开眼睛，哈！直直的一条路，被我走歪了。

　　太阳光使人成为发酵的面包，身体逐渐膨胀，光裸的手臂也微微发烫。我甚至觉得有点像过年喝了妈妈酿的葡萄酒，脑子里甜晕晕的。

　　我试着把手平平地向左右两边伸直，像马戏团里走钢索的小丑。马戏团里走钢索的小丑手里不是都有一根平衡杆吗？我假装自己正在走着高空钢索，钢索下面，一只披着乱发的大嘴狮子正张着嘴，等着我掉进它的嘴里，成为它美味的午餐……

我想得紧张悬疑。眼见大狮子吃不到又香又嫩的小人肉了，脚下忽然一阵踉跄，不好！我跌进了什么黑洞里，怎么软绵绵湿答答的？

原来，我走进了一块绿油油的秧田里！老天，我的木屐！我叫了起来。木屐陷进了烂泥团里，失踪了！

我焦急地弯下身子用手去摸，水汪汪一片浑浊的泥水，摸了半天，什么也没有。

"你在这儿干什么？"农场的老何远远走来，朝着我喊。

"我，"我满脸尴尬地看着自己的一双泥手，"我在找我的木屐。"

"你的木屐？怎么会掉在田里？"

"我……"唉，怎么说他才会相信，我是因为玩闭眼睛游戏，才走进了秧田里哪！

阅读思考

1.你有没有闭着眼睛走路的经验？是在什么地方？当时有什么特殊的感觉？

2. 独自走在放学回家的路上，想想是挺无聊的，单调、漫长，可这篇描写"在路上"的文章带给我们的感觉却是充满了情趣的。作者是怎样把这一路变得有趣味的？

3.想一想，你能在自己上学和放学的路上创造出怎样的情趣呢？

笔直走，转弯狗①

张　彦

　　"笔直走，转弯狗！笔直走，转弯狗！"排在队伍中间的阮汉章一个劲儿地念叨着。

　　放学回家人人要排队，我们这一队是七个人。

　　王力强的家到了，但是他不敢进去，因为一进去就得转弯，转弯岂不是成了狗？谁愿意去当狗呀？

　　白莉莉的家门也到了，她也不愿意拐弯当狗，虽说眼泪已经在眼眶里打圈圈了。

　　第三个到的是林顾强的家，他咬了咬牙继续排着队走，并且还附和着阮汉章叫："笔直走，转弯狗！笔直走，转弯狗！"声音比阮汉章还响亮。

　　反正，今天大家是耗上了：走到天黑吧，看谁先当狗！

　　眼睁睁，自己的家门口一个接着一个地过去了，七个人，队还是排得好好儿的。

　　终于，住得最远的阮汉章的家到了，大家都以为阮汉章绝不会作法自毙，便一点也没放慢步子。谁知道，他竟蓦地拐了一个弯，嘻嘻一笑，一跳跳进了自己家的院子，砰的一声关上了大门。

　　这个当可上得大了，大家马上哗地一下散开来，气呼呼地在他家门口齐声吆喝：

　　"转弯狗！转弯狗！阮汉章是转弯狗！"

　　阮汉章只当自己是聋子，任凭大家去喊哑嗓子。好一会

――――――――――
①选自《儿童文学》，1991年第5期。

儿，我们喊累了，正觉得有些气馁，突然，院门打开了，嬉皮笑脸的阮汉章伸出了脑袋：

"天下哪有不转弯的路？只有你们这群傻瓜才会上当受骗，陪着我送我到家！"

说着，他一连扮了两个鬼脸，又砰的一声关上了门。

我们气坏了，回去的路上一路商量着，有朝一日，要狠狠报复他一下。

唯有林顾强还在不断地嘟哝："笔直走，转弯狗！笔直走！转弯狗！……"不知不觉中，竟念成了："转弯走，笔直狗……"

阅读思考

1.如果你参与了这个"笔直走，转弯狗"的游戏，会有怎样的表现？

2.放学回家排队，一队七个人，在玩"笔直走，转弯狗"的游戏时，各人的性情跃然纸上。王力强、白莉莉、林顾强、阮汉章这几个人各自有着怎样的性情？

3."天下哪有不转弯的路？只有你们这群傻瓜才会上当受骗，陪着我送我到家！"阮汉章为什么说自己的那几个同伴傻？你觉得这群人中有傻瓜吗？

上学的第一天①

〔德国〕格哈德·豪普特曼 著　姚保琮 译

随着岁月的流逝，上学第一天的阴影变得越来越浓重。那是圣诞节后的一天，母亲对我说：等春天来了，你就该上学了。这是必须迈出的严肃的一步。你得学会老老实实坐在那儿。总之你必须学习，学习。因为不然的话你就只能成为一个废物。

因此你必须得上学！必须！

母亲向我宣布了这件事后，我大为震惊。我应该成为一个什么样的人？难道我不已经是个这样的人？对此我真不理解。我的过去可跟我完全是一回事呀。就永远这样生存、活下去，是我过去唯一的、也几乎是本能的愿望，我就安于此——自由、太平、欢乐、独立自主。为什么人就应该想成为另一个样子？父母的各种管教都没打破这种状态。难道他们想要夺去我的这种生活，而代之以"应该"和"必须"吗？难道他们想要我违反一种尽善尽美的、完全适合我的生存方式吗？

我简直弄不懂这件事。

用别的方式而不是按照我所常用的有意无意的方法去学习，我既不感兴趣，也觉得不实用。我过去可完全是精力充沛的、生气勃勃的。我掌握市井上的土话，就如我掌握父母所说的标准德语一样。直到今天我才知道，这当中有着多么了不起的智慧的成果，它是无法估量的，一个孩子更难看到这点。在玩耍中，在没有意识到已经学过什么的时候，我就在使用一部

---

①选自《诺贝尔文学奖获奖作家散文选》，宋兆霖选编，浙江文艺出版社，2005年4月版。

包罗万象的词典中的所有词汇与概念，以及与此有关的想象世界中的一切词汇与概念。

不进学校我是不是也许真的能成长得更快、更好和更充实呢？

但是最糟糕的也许是我所感受到的灵魂上的痛楚。我父母一定知道他们给我带来了什么。我曾经相信他们那对我的无限的爱，而现在他们要把我交到一个陌生的、令我恐惧的地方去。这难道不是像把我驱逐一样吗？他们承认他们有责任把我——一个只能在自由自在的氛围里，在自由的行动中才能生存的人——关在一个房间里；他们承认他们有责任把我交给一个凶老头儿，已经有人跟我讲起这老头儿，并且说以后有我受的：他用手打孩子的脸，用棍子打手心，以致脸上、手上都会留下红红的印记，或者是扒下裤子打屁股！

上学的第一天终于到来了。第一次上学的路，我已记不得是拉着谁的手走过的，我是怀着又害怕又畏缩的心情走过那段路的。当时我觉得那是一条长得无尽头的路，当我半个世纪后去寻访那古老的校舍，只是由于它从古老的"普鲁士皇冠"的窗口一眼就可望及的缘故却反而没找到它时，我确实感到很惊讶。

途中我曾几度绝望，送我上学的女人说了许多好话，当她在学校门口把我一个人留在集合在那里的孩子们中间之后，昏昏沉沉的顺从就取代了绝望。

有短短的一段等候时间，在这期间同甘共苦的小伙伴们相互探询着，彼此认识了。当我们拥在学校前厅里的时候，一个小东西向我靠近，并且试图以增强我的恐惧感而后快，他已经看出了我的害怕心理。这个肮脏的蛆虫和坏蛋选中了我作为他暴虐狂本能的牺牲品。他向我描述了学校里的情况，虽然关于这一点他知道得并不比我更多。他把老师描绘成一个专门对学生进行刑罚的差役，当他看到我充满恐惧的哭丧的脸上流露出相信他的神情时，他高兴了。这个捣蛋鬼说：你说话，他打你；你沉默不语，你打喷嚏，他也打你；你擦鼻涕，他也打

你；他大声叫你时，就是要打你了；你要注意，你跨进屋里去，他也打你。

就这样不知过了多久，他一直用老百姓在街头巷尾所说的方言唠叨个不停。

一个小时以后，我回到家中，高高兴兴地一边和父母一起吃饭，一边吹牛，然后比往日更加高兴地冲向室外，奔向那童年时代无拘无束的、尚未失去的世界。

不，这所乡村学校，连同那位年老的、脾气总是很不好的老师布伦德尔，都没把我毁坏，我的生活空间没有被夺去，我的自由、我的生活乐趣依然如旧。

阅读思考

1.读完这篇文章，你想起了自己上学第一天的情形吗？是谁送你上的学？可有像文中的作者所描述的那样——"震惊""恐惧""畏缩""顺从"？

2."因此你必须得上学！必须！"你认为孩子是否"必须"得上学？

3."我"对第一天上学的恐惧主要来源于什么？试着归纳出几个重要原因。

4.请思考：学校是一个剥夺孩子自由的地方，还是让孩子获得更多更大自由的地方？答案文中有提及，但没有足够的证据，请你结合你的理解作一下阐述。

文学聚焦：感觉描写

一个物体有它的形状、声音、温度、气味等属性，我们的每个感觉器官只能感知物体的一个属性：眼睛看到它的形状，耳朵听到它的声音，鼻子闻到它的气味，舌头尝到它的滋味，皮肤感觉到它的温度和光滑的程度，等等。经常听人抱怨说这种感觉无法描写，其实，这话只是为自己写作技能的贫乏找借口罢了。阅读桂文亚的《走在放学路上》，注意看作者如何把视觉、听觉、嗅觉、触觉、味觉等贯通起来写在太阳下闭眼走路的感觉的——

暖洋洋的太阳晒在湿湿的皮肤上，就像熨斗温柔地熨着一件皱皱的衣服，慢慢地，你可以感觉到毛孔畅快地舒张了起来，水汽微微地蒸发了，身上散发着一股新鲜味儿……太阳光使人成为发酵的面包，身体逐渐膨胀，光裸的手臂也微微发烫，我甚至觉得有点像过年喝了妈妈酿的葡萄酒，脑子里甜晕晕的。

 ## 微型写作课

著名作家沈从文先生在他的自传里写道：

"上学散学时，便如同往常一样，常常绕了多远的路，去城外边街上看看那些木工手艺人新雕的佛像贴了多少金。看看那些铸铁犁的人一共出了多少新货。或者什么人家孵了小鸡，也常常不管远近必跑去看看。"

你六年的小学生活，上学和放学的路，来回走了多少次都记不清了吧。你是怎样上学的？坐车，骑车还是步行？如果你还没有真正地步行上学、放学回家，建议你用一周或一个月的时间去实践一下这种上学、放学回家的方式。

当速度慢下来，你就会看到很多新的东西：面包房里烤面包有哪些工序？拉面馆的师傅是怎么拉面的？理发师理发是怎么用剪子的？一路上的花草树木，它们什么时候开花什么时候结果，花是什么颜色果是什么样子？空中飞过的鸟，路上爬行的昆虫，一切都值得去看、去听、去学，因为这是一种更为重要的学习——读一本"大书"。

请你以"上学路上"或者"放学路上"写一篇文章，把路上的见闻通过你的眼睛、耳朵、嘴巴等感觉器官"拍"下来回放给大家看。

写之前，先想想：哪些景物或者事情你打算写进去？它们值得你写的地方在哪里？构思好大致的轮廓再动笔。写的时候，要特别注意调动你的所有感觉器官，写出独特的、细腻的感觉，像桂文亚写自己在太阳下闭眼行走的感觉那样写。

有兴趣的同学还可以为自己的文章画插图，画一画你上学、放学路上的情形。

世界为谁存在

单元导读

世界在不停地旋转，太阳每天都会从东方升起，你可曾想过，哪里才是黎明开始的地方？辽阔的森林，深邃的海洋，平滑的岩石，深潭泥塘，古堡海滨……世界，你为谁存在？

太阳为我照耀，这是一种大豪迈；鸟儿为我歌唱，这是一种大浪漫。心怀这样的大热情，一个渺小的人，都可以豪迈地捧起很多幸福。

世界为谁存在？世界为我存在！

这样的每一天我们都会分外地兴致勃勃。

兴致勃勃地活很久，才是真正地活。

世界为谁存在？①

〔英国〕汤姆·波尔 著　刘清彦 译

世界为谁存在？熊宝宝问妈妈。她钻出冬眠的洞口，挨近妈妈毛茸茸的肚子。

呃，看看你的四周，妈妈回答。

这个世界有那么多又深又黑的洞穴，为你遮风避雨；那么多在阳光下闪闪发亮的溪流，鱼儿在里面悠游。每一座森林，不管多么辽阔，你永远也不会在里面迷路走错。世界为你存在！

世界为谁存在？狮子宝宝问爸爸。他们沐浴在阳光里，闻着干热的空气。

呃，看看你的四周，爸爸回答。

这个世界有那么多绿油油的草原，让你奔跑跳跃；每一只斑马、羚羊与大象，帮助你茁壮成长；每一块平滑耸立的岩石，让你享受阳光。你应该相信，世界为你存在！

世界为谁存在？河马宝宝问妈妈。他们在水中紧紧相依，背就像浮出水面的踏脚石。

呃，看看你的四周，妈妈呵呵地笑着。

这个世界有那么多宽阔平缓的河流，让你轻盈地跳舞；那么多深潭泥塘，让你快乐地打滚，在中午灼热的太阳下，你会觉得清凉舒爽，就连优雅的羚羊也会前来开怀畅饮。世界为你存在！

世界为谁存在？鲸鱼宝宝问妈妈。他们并肩游泳，就像小拖船依偎着大油轮。

---

①选自《世界为谁存在？》，湖北少年儿童出版社，2009年6月版。

呃，看看你的四周，妈妈轻声地回答。

这个世界有那么广阔深邃的海洋，让你自由地旅行，数不尽的鱼儿，为你开道前进，茂盛的水草，闪亮的波光和咆哮的海潮，都在清楚地对你说——世界为你存在！

世界为谁存往？雪兔宝宝问爸爸。他们舒服地窝在暖和的地洞中，外面遍地银白，冷风飕飕。

呃，看看你的四周，爸爸回答。

世界上的冰雪会将你隐藏，冰层下的小绿芽把你喂养，每一天，你都可以迈步跳跃在冰冷的雪地上。因为，这个银白色的世界为你存在！

世界为谁存在？猫头鹰宝宝问妈妈。他靠着妈妈的翅膀，和妈妈一起坐在松树的枝头上。

呃，看看你的四周，妈妈回答。

这个世界有那么多高大青葱的树木，让你停靠鸣叫；那么多栅栏支柱，让你休息睡觉；皎洁的月光照亮夜空，帮助你精准地向地面上的猎物俯冲。亲爱的孩子，世界像一棵大树，世界为你存在！

世界为谁存在？小男孩问爸爸。他们裹着皱巴巴的毛毯，窝在床上。

呃，爸爸回答，世界非常大。

星空下的某个地方——很遥远的地方——在寒冷的山岭旁，熊宝宝和妈妈一起蜷缩在漆黑温暖的山洞里；狮子宝宝跟着爸爸，昂首阔步在尘土飞扬的草原上；雪兔宝宝和爸爸在冰层下的秘密地洞里打盹儿；离家近一点儿，近一点儿，再近一点儿——仔细听！猫头鹰正在暗沉的枝丫间，轻声地对她的小宝宝鸣唱。世界为了这所有的一切存在。

小男孩靠近爸爸身旁，凝视着布满星光的夜空。世界也为人们存在吗？包括你和我在内？他问。

一点儿都没错，爸爸回答，世界也为人们存在，不管是住在什么地方的人，世界为每个人存在！

而我的世界在这里——和你在一起。我们的世界有公园，让你嬉戏玩耍；有山丘，让你向上攀爬；有溪流，让你涉水而过；也有古堡和海滨，让你尽情探索。

虽然我们已经亲眼见过许多许多，但还有更多更多的事物等着我们去看去做。

世界为谁存在？世界为你存在！

阅读思考

1.阅读这篇文章，哪句话给你留下了深刻的印象？

2.文章中，狮子、河马、鲸鱼、雪兔、猫头鹰、小男孩和他们的爸爸或者妈妈一起讨论"世界为谁存在"。如果让你写这篇文章，你会选择哪些人物来参与讨论这个话题？为什么要选择他们？

3.如果有人用"那童话一样的大房子里住着别人"来反驳"世界为你存在"，你会怎样应对他的反驳？

4.如果请你为本文的最后一段配上插画，画面上会有哪些景物？

黎明开始的地方①

〔美国〕道格拉斯·伍德 著　王芳 译

世界在不停地旋转，
朝着早晨的方向，
每天都有新的日出，
即使夜晚黑暗又漫长。

但是哪里才是黎明开始的地方？

有人说黎明开始在山顶上，地球之上最高的地方。
在它还没触碰到远方山脚下的河流、湖泊、森林和草原之
前，你就能看见阳光。
在这里，第一支晨烛驱散了黑暗的恐慌。

但山顶并不是黎明开始的地方。

有人说黎明开始于树梢上。
在那里，鸟儿觉察到第一缕柔光，并用自己的方式将心中
的旋律歌唱。
歌声把身边沉睡的世界拉出了梦乡，当第一丝轻风将最小
的树叶摇晃。

但树梢并不是黎明开始的地方。

---

①选自《黎明开始的地方》，浙江少年儿童出版社，2012年2月版。

有人说沼泽是黎明开始的地方。

在那里，昏昏欲睡的鸳鸯摇动头颅，抖松羽毛，并为一天中的第一次飞行测试着翅膀。

当麝鼠从香蒲中静静滑过，它们正用温柔的低喃聊着彼此熟悉的过往。

但沼泽并不是黎明开始的地方。

有人说湖泊是黎明开始的地方。

鱼儿上浮探出头，使平滑如镜的水面不时涟漪荡漾。

湖面起起伏伏犹如呼吸的胸膛，浪花在水洼中轻笑，笑声洒在满是石子的堤岸上。

一天里的第一个浮标在船坞里轻轻地震荡。

但湖泊并不是黎明开始的地方。

有人说黎明开始于浩瀚无边、奔腾不息的大海上。

海水能将最高的山峰埋葬，海洋簇拥环绕着陆地，给生命本身的出现注入了无穷力量。

从那里，船只经过漫长的日夜，向着未知的领域远航。

古老的谚语流传至今："还是别出海吧，如果你看到朝霞挂在天上。"

但大海并不是黎明开始的地方。

有人说非洲是黎明开始的地方。

在那里第一次出现人类的迹象，之后他们用双腿行走，并会把自己的名字告诉对方。

亿万年前地球的主宰，已经成为化石静候着太阳，

它们等待着被人们发现，为他们讲述远古时经历的沧桑。

但非洲并不是黎明开始的地方。

　　有人说黎明开始于远东，那个"太阳初升的地方"。

　　那里的人们长久地问候这一天，用祈祷、沉思和铜锣的鸣响。

　　那里的天空随第一线曙光开放，盆景树纤弱的枝头上升起金色的太阳。

　　但远东并不是黎明开始的地方。

　　有人说黎明开始于中东，那块被称为圣地的地方。
　　许多伟大的宗教在那里第一次放射出光芒；
　　亚伯拉罕、摩西、穆罕默德和耶稣从那里走过，听到一个平静而细微的声响。
　　那是来自良知的呼唤，是人们至今仍在争论的对象。

　　但中东并不是黎明开始的地方。

　　有人说黎明开始于我们的故乡，
　　第一束光线照在熟悉而热爱的景色上。
　　人们说着互通的语言，以相同的方式表达思想，
　　世界的其他部分都被看作陌生的远方。

　　但故乡并不是黎明开始的地方。

　　那么哪里才是黎明开始的地方？

　　因为世界在不停地旋转，朝着早晨的方向，每时每刻都把黎明带给每个人、每个地方。
　　不管是哪儿，只要有一颗热爱光明的心，那片土地就会充满希望。
　　那颗心为每一个崭新的日子感恩。在那颗心里，太阳时刻挂在天上，并把世界的每个角落照亮。

要问黎明开始的地方到底在哪儿？

答案就是——在你的心上。

阅读思考

1.你认为哪里是黎明开始的地方？

2.和同学们一起讨论"黎明开始的地方"，列出一组有创意的答案。

3.这篇文章讨论黎明开始的地方，给出了一系列的答案——山顶、树梢、沼泽、湖泊、大海、非洲、远东、中东、故乡，然后一个一个地否定，最后作者认为"黎明开始的地方在你的心上"。选出你觉得理由最充分的、最让你喜欢的三个答案，和朋友们一起聊一聊。

文学聚焦：并列式结构

　　文章的结构，就是文章的骨架。安排文章的结构，就像请客要预先安排好菜单，安排好哪道菜先上桌，哪道在哪道之后，最后上什么热汤一样。本单元的《世界为谁存在？》和《黎明开始的地方》所采用的都是并列式结构。"世界为谁存在"——一层一层解答，最后得出结论：世界为你存在；"黎明开始的地方"——一层一层解答，最后得出结论：黎明开始的地方在你的心上。这样的结构，思路清晰，条理分明，读起来气韵酣畅，有如层层的叠浪拍打沙滩，给人留下深刻的印象。

 ## 微型写作课

　　《世界为谁存在？》《黎明开始的地方》这两篇文章的结构很好学。我们来试着学一学吧。

　　比如，老师出了一个题目《我想……》，有位同学写的是《我想永远当小孩》。她用的也是并列式展开的结构——

　　有时，我真的很怕长大，因为长大后，爸爸妈妈也会逐渐衰老，直到死去。而我却实在不想失去他们。因此，我真想永远当个小孩，永远与爸爸妈妈在一起，听妈妈为我讲故事，跟爸爸一块儿打乒乓球。

　　有时，我真的很怕长大，因为长大后，我就要踏入社会，为生活四处奔波。当我受上司责备时，也只能把眼泪往肚里咽，而后还要笑脸迎人。因此，我真想永远当个小孩，永远不用为吃喝发愁。当我受到别人责备时，可以向父母哭诉，不必把那份委屈憋在心里。

　　有时，我真的很怕长大，因为长大后，我就会像所有的大人一样，为了一个科长的职位而钩心斗角，不惜花重金开后门，找关系；为了涨区区几百元的工资，甚至可以出卖好友。因此，我真想永远当个小孩。小孩的世界很纯洁，没有关于金钱地位的攀比。在小孩的世界里，你会收获十分真诚的友谊。

在这篇文章中，"有时，我真的很怕长大"，也像"世界为谁存在"这句话一样，作为每一层意思的总领句，反复地出现。

写好这类结构的文章，要学会围绕一个话题从不同的方面展开叙述。上面这位同学把"很怕长大"的原因一层一层地展开写：怕父母老去，怕四处奔波受委屈，怕没有纯洁的友谊……你可以顺着她的思路，添加新的理由，也可以自己重新拟题，用这种结构写写《假如我当了爸爸(妈妈)》《我是一只小小鸟》等话题。

这种结构的文章，有一个充满力量的、让人耳目一新的结尾很重要。《我想永远当小孩》的作者最后结尾说，"幻想总是幻想，现实永远是现实。我终归会长大，会走上社会……但我想如果我保持一颗童心，我就可以永远当'小孩'"。

你能写出比她更有意思的结尾吗？试试看吧。

找爱

单元导读

　　"爱"，多么美好的字眼，有的人已经拥有，有的人正在寻找。拥有的请珍惜，正在寻找的请努力。因为没有爱，在人生这个短暂而又漫长的旅途中，我们会缺少最重要的一个旅伴。那样的话，人生将会是多么寂寞的一段旅程。

　　张木头因妻子溺水身亡，跟村里人结怨。他的独生儿子张石牙进入中学，受到同学王猛的侮辱与排挤。然而，张石牙渴望友情，渴望尊重，最终他用生命换来了那份难得的爱。

　　为了不再感觉心中有一个大洞，小熊一路寻找着爱。他把爱带给身边的小动物们，小动物们也把爱带给他。最终，爱填满了他心中的大洞。

独 船①

常新港

在北方，这种河流数不过来，在地图上也找不到。小黑河，就是这样一条河。

三 独

几年前，这里连下了几天罕见的暴雨，河槽里的水一下子盛满了。中午时，河岸上站着一个妇女，手里端着一大盆脏衣服。她在岸边来回走了几趟，怎么也找不到原来埋在河边的那块平平的大青石。那青石上常站着洗衣和钓鱼的人。

她终于沿着熟悉的、被人们踩硬的土路走向水边，找到了那块青石。青石只露着一个边角，其余部分都被水淹没了。她脱下黑布鞋，赤着脚踩在青石上。她回身把儿子的衣服拿在手里，刚一蹲下，脚下的大地好像滑动了。她没来得及叫一声，就落入水里，被急流卷走了。原来青石被水冲得松动了。

岸上有人看见，急忙呼喊着，追赶着水里若隐若现的人影向下游跑去。水，太凶猛了。没有人敢贸然脱衣下水。在下游一个河湾处，这女人的尸体被打捞上来。苍白的手还抓着儿子那件不大的湿漉漉的衣服。

"我来晚了！我来晚了！"这女人的丈夫张木头赶到了，一手握着妻子遗落在岸上的一只鞋，一手捶打自己的胸口，重复地唠叨着："我要是在，你就不会死……"

有人扶着张木头的肩："张大哥，别难受了。大伙不是不

---

① 选自《独船》，青岛出版社，2012年1月版。

救，如果有船，大嫂也许能救上来。单靠人下水救，谁也别想活着从水里爬上来。"

"我不信，我不信！我来晚了，我要是在，你不会死的！"岸上，回荡着张木头哭哑了的声音。

不久，人们发现河面上出现了一条船，这是小黑河上的第一条船。挂在船帮上的桨，是用红漆仔细涂抹过的。有人看见，这条船的主人张木头和儿子张石牙经常坐在小船上，漂向下游，下好夜网。然后，父子俩背着纤，拖着船，逆水而上。第二天，再划船去取鱼。

村里实行生产责任制，开始分地时，张木头包了河边上的一块水田。他不顾村里的劝说，决定把家迁到远离村子的河边。

张木头断绝和人们的一切交往，一心一意守着自己的独屋、独船，还有独生儿子张石牙。

"爸爸！这儿离镇上中学太远了，咱们搬回村里去吧！"有一天，张石牙跟父亲说。因为他要上中学了。

"远了好！"张木头眼睛看也不看儿子，干巴巴地回答他。

"我要走很多路！"儿子解释。

"两条腿生着，就是走路的！"张木头顶着儿子。

"我没有伴儿！"

"一天见不到一个人影更清静！"张木头没注意到儿子那束怨恨的眼光，"去！到河边守着船，别让人随便用！听没听见？快去！"

结　怨

人们疏远了张木头，尽管他是一个比以前更加勤劳能干的人。

有一天，张木头赤着泥脚，从水田里走出来，把手搭在额头上，往河上一望，发现船桩上系船用的缆绳耷拉在水上，船没有了。他心里一惊，飞快地顺着河岸向下游跑去。在河流转弯的地方，他看到了那只船。船上有几个穿裤头的半大孩子，正四仰八叉躺在船板上，一边哼着歌，一边舒服地晒着太阳，任船向下游漂去。

张木头脸发青，怒吼了一声，吓得几个孩子翻身从船板上站了起来。他们一看岸上奔过来的汉子，和他那身结实的黑疙瘩肉，心里暗暗叫苦。有人认识张木头。

"王猛，王猛！快靠岸，快靠岸！"几个孩子慌张地向握桨的那个孩子叫起来。

"怎么啦？"那个叫王猛的孩子回头望了望，看见岸上的张木头已经脱去了衣服，正准备下水，便叫起来："你们怕啥？他咬人咋的？别怕！"

"这船动不得，谁动他的东西，他就跟谁拼命。天！这回让他撞见了！"几个孩子把衣服缠在脖子上，下饺子一样跳下水，向岸边游去。一上岸，头不回，撒开脚丫子跑了。

王猛，这个愣头青，正处在啥都不服气的年龄。他仍旧坐在船头上，看着张木头挥着两条黑鱼一样颜色的胳膊，劈开顶头浪，向船游来。当他看清张木头那气势汹汹的脸时，他心虚了，想把船划开去。但，张木头是从船的前头游来的，已经把船拦住了。

王猛糊里糊涂地被张木头从摇晃的船上掀下水，好半天才在水里辨认出岸边的方向。亏得这是水势平缓的地方，没有大浪头。王猛还是灌了几口浑水，费了九牛二虎之力，快要抽筋的脚尖才触到岸边的浅滩。他哆嗦着爬上岸，一屁股坐在地上，又吐又喘，擦了一把脸上的水，看见那条船停在不远的挂网处，张木头正得意地扯起一条大狗鱼，根本没把他王猛的生死放在心上。这老家伙太少见了，简直没人味！

王猛憋足劲，对船上的张木头喊："你个老不死的，等我长大了，非把你的船用斧头劈碎了当柴烧！老东西！"

张木头被骂得在船上直跳脚。突然，他喊了一句："石牙子！你给我抓住这浑小子。"

王猛回头一看，岸上正奔过来一个跟自己年龄相仿的少

年。吓得他气没喘匀，匆忙站起身，迈动着疲乏的腿跑了。临跑前，他还回头恶狠狠瞪了石牙一眼。

石牙站住了。刚才王猛仇恨的一瞥，让他心里很难受。刚才父亲把王猛掀下水的情景，被他看到了。他同情父亲，又恨父亲做事太绝。

隔　阂

张石牙扛着行李，一走进陌生的学生宿舍，就感到一股冷意，把初上中学的新奇和兴奋的情绪冲淡了。有几个同学对他冷冷的，把上铺一个漏雨的角落留给了他。他听见下铺几个学生小声嘀咕："他爸就是张木头？

"对！他没有妈！"

"河边上那间独屋是他家的！"

"还有那红桨独船也是他家的！"

"喂！"一个声音从门外传进来，那人端着一盆水走进来，拍了拍张石牙的床铺，"洗洗脸！"

张石牙心里涌出一股感激之情，急忙从上铺跳下来。

当四目对视时，张石牙愣住了，这个端水的人竟是被爸爸从船上掀下水的王猛！王猛长着一头刷子样直立的头发。

王猛也认出了他，扭头把一盆水"哗"地泼到门外。

以后，张石牙感到了王猛在同学中的权威性。他越来越感到自己的孤独了。

出早操，没人叫他。

他的衣服从晾衣绳上掉下来，没人拾。

踢足球时，场上明明缺少队员，王猛也不让他上场。

一天，张石牙一进宿舍门，迎面掉下雨点。低头一看，白褂子上染上一小串蓝墨水。

"你怎么能这样？"张石牙看见王猛正在摆弄手里的钢笔。

"对不起，我的笔不出水，甩了两下，凑巧你进来。"

张石牙忍住了。

下午踢足球，人太少了，王猛才让石牙上场。石牙憋足劲玩命踢，想让同学们知道他踢得很好。可惜，一个大脚，竟把球踢到操场边上的水泡里去了。

"就这点儿本事！真无能！""败兴！没劲！"有人双手叉腰，用眼斜瞪着石牙，吐着唾沫，不满地唠叨着。石牙红着脸，连衣服都没脱，就跳到水泡里，把球捞出来。当他拧着湿衣服，在球场上来回奔跑时，他发现，同学们不再把球传给他了。他慢慢站住了，默默地退出球场，站在球场边呆呆地看着欢笑的同学们。

晚上，石牙刚走到宿舍门口，就听见屋里传出窃窃的笑声。石牙听见粗嗓门王猛说："谁也别说，谁说谁是小狗！"

石牙一走进宿舍，几个同学就都愣住了。他们踢完球，正在用一块毛巾轮流洗脚。那毛巾正是石牙洗脸用的，是一块带着红白方格的毛巾。

石牙久蓄在心底的泪水终于涌出来，他扭头冲出门去。这侮辱和歧视使他忍受不了了。他知道这一切都是父亲和王猛结下的私怨带来的，可为什么把恨都发泄在他身上？就因为自己是父亲的儿子？

有人拉他的衣服。他一回头。是黑小三，班里最小的同学，王猛的影子。

"石牙！别哭。我也用它擦脚了，一共擦过两次……刚才，我用香皂把你的毛巾洗了。你要不愿意，我给你买一条！"

张石牙哭得更厉害了。

"你还怨我吗？"黑小三哀求地小声说。

"不！我怨我爸爸！"

惩　罚

王猛从来不知愁，这两天却愁了。石牙有好几次感到王猛想主动跟他说话，但又不把肚里的话全说出来，还掩藏着什么。

石牙问黑小三："王猛怎么啦？他好像有事！"

黑小三说："他妈病了，想吃鱼，到处买不到。他知道你家有船，你爸又会挂鱼。可他不好意思张嘴求你！"

"你告诉他，明天我们划船去取鱼。我爸每天都把挂网提前下好，不会空网。"

"石牙，你真是个……好人！"

第二天是星期天，这群孩子悄悄爬上那条船，向下游划去。

王猛一声不响地坐在船上。他不敢看石牙的眼睛。当黑小三转告了石牙的主意时，王猛心里难受了好一阵。他想，一定找个机会向石牙道歉，郑重邀请石牙踢球。尽管他王猛从没向别人说过软话。

他们看见了露出水面的挂网，看见了挂网在抖动。石牙脱了上衣跳下水，一边踩水，一边从网底摘下一条尺把长的鲫鱼，扔到船板上。

"坏了！爸爸来收网了！"河里的石牙爬上船，把桨抓在手里。王猛和黑小三都慌了。

"别急。我把船靠在岸上，王猛提着鱼，赶快回家！"

张木头跑近时，孩子们已经上岸了。张木头看见王猛手里提着一条大鱼，急了，脱了鞋，提在手里，咒骂着撵王猛。撵了半天没追到，才气咻咻转回来，怒气冲冲盯着船上的儿子。

"败家子！"张木头喷出一句带火的话。

儿子不回答。

张木头几步窜上船去，劈手夺过船桨，狠命向儿子砸去。石牙一偏头，船桨砸在右肩上，划开一道血口子。石牙捂住肩膀，眼里流着泪："爸！你做事别太绝了！"

"你敢顶嘴？拉纤，把船给我拖回去！"张木头挥着手里的桨，脚把船跺得咚咚响。

石牙背起纤绳，微弓着背，一手捂住肩头，在岸上走着。张木头坐在船头上，看着儿子拉纤的背影，拉长了脸说："今天我罚你，我教训你，你就得听着！我掉的汗珠子比你吃的饭

粒子都多，过的桥比你走的路都长。你听见没有？"

没有回答。

"你这小子，越上学越学坏了。明天，把行李从学校取回来，甭上学了。在家帮我干活！"

儿子站住了。船也停住了。

"怎么不拉了？"张木头瞪着眼睛。

"爸，你说什么我都听，别让我辍学！"

"那好。你听我说，你妈死时，没有一个人下河去救。我去晚了，不是亲人，谁也不会舍命。你知道我的意思吗？"

"知道！"

"如今世上好人少了，活在世上别太傻，你知道吗？"

"知道！"

"你背上怎么了？"

石牙低头看了一下自己的肩膀，血口子张开嘴，涌出的血把衬衣染红了。

张木头从船上跳起来，跳到岸上："你怎么不告诉我？"他撕开衣服，给儿子包扎。

儿子含泪的眼睛使他受不了了："你有啥话就说！别怨爸爸手狠，我可都是为了咱家好！为了你！"

"爸，把船借我用一用吧！"

"干啥？"

"我的同学王猛……"

"闭嘴！这船是我的！不是你的！"

石牙擦了一把泪，咬着牙，背起纤绳向前走了。张木头疑惑地盯着儿子的背影。

大　水

又是几天的暴雨，河槽注满了水。小黑河发怒了。这是石牙肩头受伤后在家养伤的第三天。

张木头也惧怕这场暴雨。眼前的情景，使他想起几年前那场大水。他铁青着脸，回头命令儿子老老实实待在屋里，不许走出家门一步。他拎着一把铁锹，耳朵听着河水的吼叫，奔到水田里。他要把所有的土埂都挖开一个缺口，把积水放掉。

河水太满了。隔夜的挂网被水冲得没了踪影；水棒草只剩个头，可怜地摇晃着；岸边上的独船不安地摆动着船尾，像一匹被主人抽打而要奋力挣脱缰绳的烈马；那块大青石终于被水卷走了，留下一个旋涡；一条黑鱼拖着一根钓竿从上游茫然地冲下来，近了，才看清鱼已经死了……岸边上没有了淡淡的水草香味，只能闻到从上游泻下的浑浊的泥水带来的水腥气。

张木头根本没想到，此时，河边上那间独屋的门突然被人撞开了。

黑小三哭过的脸出现在张石牙的面前："石牙！不好了，王猛叫水冲走了，快划船去……"

"这么大的水还游泳？"

"不是，他织了个网，想给他妈挂鱼！"

两人奔到船边。石牙解缆绳时，发现缆绳被父亲紧紧拴在木桩上，像长在木桩上一样，系着死扣。石牙马上跑回屋，操起菜刀返身冲出来，把绳子砍断了。船马上顺着水势向下游漂去。黑小三在岸上飞跑，引着船向王猛被淹的地方奔去。

岸上有人看见了石牙，都大声喊起来："石牙来了，石牙划船来了！"

"我来了。"石牙在心里回答了一声。他第一次感受到同学们对他的尊重，把他当作一个有用的人。这是一种呼唤亲人的感觉，是石牙久已期待的。

突然，水面上浮现出一个黑影。石牙立刻认出那是王猛刷子一样的头发。王猛的头若隐若现，像在潜泳。石牙想把手里的桨伸给王猛，可王猛的手无力地在水面上举了举，又沉底了，在水面上形成了一个水涡。

石牙突然大喊了一声。当时，谁也没听清石牙喊了一句什么，便传来了"扑通"一声。岸上的孩子们看见船上的石牙消失了，船板上只滚动着那根红漆木桨，还有石牙刚脱掉的白褂。

船失去了控制，顺着水势缓慢地转了一个头，倒退着向下游移动，仿佛在回头留恋地朝小主人下水的地方投去最后一瞥。

石牙没有摸到王猛，正准备冒出水面缓口气时，他的腿被昏迷的王猛抓住了。两人一起沉到水里。这时，石牙感到水从鼻腔里像针一样扎进了自己的胸腔，他被无情的水呛了。

王猛借助刚才石牙身体的浮力，把头冒出水面，昏迷中抓住了从身边漂过的独船……

在河湾，当年打捞出石牙母亲的地方，孩子们把石牙捞了上来，静静地放在船板上。他们洗去石牙身上的泥，呆呆地围住了这只独船……

儿 子

"石牙子！……把尸体从船上掀下去！……我的船上不能摆死人！"

岸上跑来了张木头。他刚才听说又淹死了人。他用嘶哑的声音命令儿子。当他跳到船板上时，后退了一步，呆住了。

几个光身子的孩子跪成一圈，仿佛在等待躺着的人睡醒，这个一动不动的孩子赤裸的肩膀上，有一道刺目的泛红疤痕。啊，这是自己的儿子！张木头傻了。

王猛慢慢爬起来，爬到石牙面前，胆怯地伸手去抚摩石牙的脸。突然，他把手缩了回去，害怕地问："石牙！石牙！你怎么啦？你怎么啦？石牙……"当发现船板上那件染上蓝墨水的白褂时，王猛一把抓在手里，把脸埋在上面，哽咽地哭起来："我还有话跟你说，石牙！……"

水仿佛变得凝固了，像黏稠的液体在缓慢流动。岸上的孩子跟在逆水而上的独船的后面，默默地走着。

张木头自己背着纤，拖着船。他不让别人拉纤。他一步一回头，看着儿子的身躯，仰卧在船板上，随着浮动的船起伏着，像在水里仰泳。他想起了几天前儿子捂住肩膀拉他时的情景，默默地在心里呼喊："我为什么要惩罚儿子？"他双膝突然一弯，背上的纤绳滑落下来。他趴在岸上，手捂住脸，声音从指缝里挤出来："石牙子！你……"

他一面悲怆地哭着，一面重复着几句话："你太傻了！我的儿子，你真是太傻了！就剩我一个人啦！就剩下我一个人啦！"

"爸爸！"

张木头猛然听见一声喊，抬起泪眼一看，王猛跪在自己面前。

"爸爸！"

紧跟着，黑小三也跪下了。

张木头呆住了，好半天，才用手捶打着地上湿漉漉的泥："石牙子！这船是你的，我答应你了！这船是你的了，你听见没有？你怎么不站起来？！"

孩子们都哭了。

没过几天，村上的人都拥到河边，把张木头的小屋迁回了村里。人们尊敬他。

王猛一直保存着石牙那件白褂子。他经常去看张木头，做一些石牙活着时应该做的活。

人们常常看见张木头蹲在河边，守着那条独船。一遇到人，他就迎上去："你们用船吗？你们上船玩吧！这是我家石牙子的船！"

人们都不愿轻易去使用这条船，这条小黑河上唯一的船……

🏠 阅读思考

1.故事中的哪个人物给你留下了深刻的印象？说说你对这个人物的看法。

2.张木头的"三独"是指什么？为什么张木头会说"一天见不到一个人影更清静"？

3.王猛带给张石牙那么多的侮辱与歧视，为什么张石牙还要帮王猛的妈妈捕鱼？在王猛落水时，是什么力量让张石牙划船去救他？

4.故事的结尾带给你怎样的感觉？你喜欢这样的结尾吗？说说你的想法。

小熊找爱①

〔德国〕克雷曼 著　乐草 译

　　山很高，所以从来没有人到那上头去。山上有个洞，小熊吉米住在那里。

　　他的妈妈在他出生的时候就死了。

　　有一天，爸爸对他说："儿子，你得开始自己照料自己了。吃附近的野果子你也能活下去！祝你运气好，再见！"说完就走了，只留下一顶帽子给吉米。

　　吉米长大了，愈长愈大。他的胃口很好。

　　一个春天的早晨，当他从山上往下看的时候，看到山羊妈妈正在舔她的小山羊宝宝的头。这时吉米的心里忽然觉得空落落的，像是破了一个大洞。他抬头望天："那我呢？我也要有谁来爱我啊！"

　　他戴着帽子出发，出发去寻找爱了。

　　他第一次出远门，走了一个钟头，觉得有点累了，就在一块石头上坐了下来。这时蹿出来一只老土拨鼠。土拨鼠被老鹰追得没命地狂奔。

　　吉米跳到老鹰跟前，咧开嘴大吼一声："呜——"

　　吉米这一吼，老鹰被吓住了，飞逃开了。

　　土拨鼠抬头惊讶地看着吉米——呵，原来是这么个大块头救了她！瞧瞧他那身肌肉！她立刻为吉米做了一顿美味的晚餐，感谢大块头救了她的命。第二天，她又为他做好吃的，吉米吃得又香又饱，日子过得很快乐。于是他留下来，同老土拨

---

　　①选自《点亮心灯——儿童文学精典伴读》，韦苇编著，复旦大学出版社，2009年7月版。

鼠一起过日子。吉米叫她小奶奶，他觉得这样叫是最恰当了。他热了，小奶奶用大象耳朵那么大的叶子当扇子，从头到脚为他扇风；他累了，小奶奶为他洗脚；晚上，小奶奶给他讲故事。

有一天，他俩在太阳下躺着休息。然而小奶奶再也没有醒来。吉米跟她说笑，摇她的身子，但她已经没有气了！吉米轻轻地将她抱到一棵树下，用大叶子将她盖上。吉米在旁边陪伴她，一天又一天，什么也吃不下。

一天晚上，吉米觉得身边暖呼呼的，他睁开一只眼睛，看到一只兔子依偎在他身边取暖。

到了早晨，小兔子一溜烟跑掉了。

第二天晚上，小兔子又回来了，但到早上又溜走了。

吉米盼着小兔子来做伴——他喜欢那种温暖的感觉。于是，小兔子就留下来了。吉米叫小兔子"小毛毛"，他觉得这个叫法是再好不过了。他用野花煮汤给小毛毛喝。当岩石地磨疼小毛毛的爪子时，吉米把他扛在自己的肩上，好让小毛毛得到休息。吉米把从小奶奶那里听来的故事讲给小兔子听，天天讲。小兔子在吉米身边有一种爱的感觉，小兔子喜欢同吉米在一起。渐渐地，小兔子不再像以前那样瘦弱了，他长胖了，浑身的毛都有了光亮。没多久，小兔子就独自到外面探险去了。

有一天，小毛毛遇见了一只兔妈妈……他跟着兔妈妈走了。

吉米去找他，一天又一天。每天早晨，每天晚上，吉米走到草原边，希望能见到他的小毛毛——他的朋友。但是小毛毛再没有回来。

冬天到了。冬天带来了冰雪。天冷得厉害。

吉米回到了洞里。他在洞的角落里蜷缩着，睡了，睡得很沉。当他醒来的时候，已经是春天了。

他想起了土拨鼠小奶奶，想起了小兔子毛毛、山羊妈妈和山羊宝宝，他又感觉心里像是破了一个大洞。于是他戴上帽子，又出发了。他走进了一个他从来没有到过的山谷。

忽然，他听到远方传来一阵可怕的隆隆声。他回过身子，仰头望见高山上一大团雪球正向他滚来。雪球一路滚来，一路撞倒了树木，一路把什么都毁了。所有的动物都出来看到底山上发生了什么事。

雪球从山上飞滚下来……

吉米知道他的山洞是唯一安全的地方，就扯开嗓门大吼着，把动物们都追赶进了洞里。

小动物们害怕大熊，因此他们拼命地逃，不让熊追着。为了躲避大熊，他们全都逃进了洞里。

雪球呼隆隆从动物们躲着的洞口滚了过去！

小动物们明白了，原来是吉米用吼声救了大家。大家就都来感谢吉米，拥抱他，并且留在他身边过夜。小动物们紧紧地依偎着吉米。吉米对自己轻声说："不知道明天他们还需不需要我？我可以保护他们，帮助他们……"

吉米听着动物们轻轻重重的呼吸声、呼噜声和叹息声，觉得自己的山洞从来没有这样热闹过；而最重要的是，他不再感觉心中有一个大洞了。他决定叫这些动物为"小朋友"。

阅读思考

1.当小熊看到山羊妈妈舔她的山羊宝宝的时候，小熊的心里像是破了一个大洞。你有过这种感觉吗？如果有的话，是在怎样的情况下有的？

2.小熊在找爱的过程中，遇到了哪些动物？他们分别给对方带来了什么？

3.故事的结尾，小熊不再感觉心中有一个大洞了。这是为什么呢？

文学聚焦：主题的表达

　　主题就是作品要传达的意义。优秀作品中的主题很少直接表述出来，一般通过情节的发展甚至通过很小的细节揭示出来。《独船》和《小熊找爱》都表达了"向往友情"的主题，阅读这两篇文章，体会为了表达这样的主题作者运用了哪些不同的表达方法。

 微型写作课

　　请你以"找爱"为主题，写一篇文章。要求能写出"找爱"的缘由、过程和结果。

　　　写作技巧重点：围绕主题有序地展开叙述

　　有序地展开叙述，就是要让你的文章有一条故事发展的主线。《独船》采用分列标题的方式展开情节，其基本线路图：妻子落水身亡，张木头守着自己的"三独"→王猛玩船，与张木头"结怨"→张石牙进入初中，王猛与他之间产生"隔阂"→张石牙帮王猛捕鱼，受到父亲"惩罚"→张石牙"大水"中救王猛，失去了生命→"儿子"离开了，王猛喊张木头爸爸。《小熊找爱》则是通过小熊一路上所遇到的动物展开叙述，其基本线路图：遇到土拨鼠→遇到小兔子→遇到小动物们。

　　围绕"找爱"这个主题，你准备拟定怎样的情节线路图来讲述你的故事呢？

　　　构思

　　围绕"找爱"这个主题，确定主人公及主要的故事情节，用简单的词语和箭头画出故事的基本线路图。

　　　写稿

　　以"找爱"的缘由开头，按照顺序展开你的叙述，在叙述时想着你所要表达的主题，并时刻参考你前面画出的基本线路图。

✎| 修改

让你的同伴读一读你的文章，让他们根据你的叙述，用简单的词语和箭头画出故事的线路图。请你将他们所画的线路图与你之前设想的进行对比，检查你的故事是否做到了叙述有序，有没有漏掉重要的事件。

童年与读书

单元导读

　　童年的阅读以及童年的教育对一个人的影响是不可估量的。随着岁月的流逝，很多东西都会被淡忘，但那些我们幼时经常诵读的诗文，那些我们反复触摸过的书本，会或多或少在我们心里留下痕迹。

　　过去的私塾教育往往是从《三字经》《百家姓》《千字文》之类的开蒙课本开始的，那么本单元中三篇文章的作者的启蒙阅读又是从哪里开始的呢？他们的阅读经历与感受又是怎样的呢？

忆读书①

冰 心

一谈到读书，我的话就多了！

我自从会认字后不到几年，就开始读书。倒不是四岁时读母亲教给我的商务印书馆出版的国文教科书第一册的"天、地、日、月、山、水、土、木"以后的那几册，而是七岁时开始自己读的"话说天下大势，分久必合，合久必分……"的《三国演义》。

那时我的舅父杨子敬先生每天晚饭后必给我们几个表兄妹讲一段《三国演义》，我听得津津有味，什么"宴桃园豪杰三结义，斩黄巾英雄首立功"，真是好听极了。但是他讲了半个钟头，就停下去干他的公事了。我只好带着对故事下文的无限悬念，在母亲的催促下，含泪上床。

此后，我决定咬了牙，拿起一本《三国演义》来，自己一知半解地读了下去，居然越看越懂，虽然字音都读得不对，比如把"凯"念作"岂"，把"诸"念作"者"之类，因为我只学过那个字的一部分。

谈到《三国演义》，我第一次读到关羽死了，哭了一场，把书丢下了。第二次再读时，到诸葛亮死了，又哭了一场，又把书丢下了。最后忘了是什么时候才把全书读到"分久必合"的结局。

这时我同时还看了母亲针线笸箩里常放着的那几本《聊斋志异》。聊斋故事是短篇的，可以随时拿起放下，又是文言

①选自《散文世界》，1989年第11期。

的，这对于我的作文课很有帮助，因为我的作文老师曾在我的作文本上批着"柳州风骨，长吉清才"的句子。其实我那时还没有读过柳宗元和李贺的文章，只因那时的作文都是用文言写的。

因为看《三国演义》引起我对章回小说的兴趣，对于那部述说"官迫民反"的《水浒传》尤其欣赏。那部书里着力描写的人物，如林冲——林教头风雪山神庙一回，看了使我气愤填胸！——武松、鲁智深等人，都有自己极其生动的风格，虽然因为作者要凑成三十六天罡七十二地煞勉勉强强地写满了一百零八人的数目，但我觉得也比没有人物个性的《荡寇志》强多了。

《精忠说岳》并没有给我留下太深的印象，虽然岳飞是我从小就崇拜的最伟大的爱国英雄。在此顺便说一句，我酷爱古典诗词，但能够从头背到底的，只有岳武穆的《满江红》"怒发冲冠"那一首，还有就是李易安的《声声慢》，她的那几个叠字——"寻寻觅觅……凄凄惨惨戚戚……"写得十分动人，尤其是以"寻寻觅觅"起头，描写尽了"如有所失"的无聊情绪。

到我十一岁时，回到故乡的福州，在我祖父的书桌上看到了林琴南老先生送给他的《茶花女遗事》，使我对于林译外国小说引起了广泛的兴趣，那时只要我手里有几角钱，就请人去买林译小说来看，这又使我知道了许多外国的人情世故。

《红楼梦》是在我十二三岁时候看的，起初我对它的兴趣并不大，贾宝玉的女声女气，林黛玉的哭哭啼啼，都使我厌烦。还是到了中年以后再拿起这部书，才尝到了"满纸荒唐言，一把辛酸泪"，一个朝代和家庭的兴亡盛衰的滋味。

总而言之，统而言之，我这一辈子读到的中外的文艺作品，不能算太少。我永远感到读书是我生命中最大的快乐！从读书中我还得到了做人处世的"独立思考"的大道理，这都是从《修身》课本中所得不到的。

因此，某年的六一国际儿童节，有个儿童刊物要我给儿童

写几句指导读书的话，我只写了九个字，就是：

　　读书好，多读书，读好书。

阅读思考

　　1.读书给作者带来了哪些乐趣和帮助呢？

　　2.书看多了，自然会挑选比较。在作者的眼里，什么样的书才是好书呢？

　　3.文章结尾说"读书好，多读书，读好书"，结合你的读书经验说一说读书的好处。另外，在你的眼中，"好书"的标准又是什么呢？

私塾教育①

周一良

第一次世界大战爆发后，我家迁居天津。我八岁在天津入家塾读书，总共十年，一九三〇年才赴北平求学。"五四"以后的青少年还这样长期读私塾，我想是和父亲当时的思想分不开的。因为他最初对新式学校似乎不太信任。等到小我四五岁的二弟三弟等，便进了初中，更小的弟妹则被送进幼稚园，再由小学而中学了。二十年代有些所谓"旧家"，为了让子弟在进"洋学堂"之前打下"旧学"和古文的根底，都重视私塾教育。例如北大历史系我的同事邵循正教授和张芝联教授，都是以私塾代替小学和初中教育，然后直接进入高级中学的。不过我的例子更为极端，连高级中学都没能上，因而对以后进大学造成了局限。我的弟妹们虽然按正规进了中学，家里仍然一直聘有给他们补习中国古典文献的老师。

十年私塾可以分为三个阶段。头三年是三位来自扬州的职业塾师，其中有一位老先生还曾教过我的父亲、叔父、姑母等。我启蒙所读不是《三字经》《千字文》以及《龙文鞭影》之类一般私塾的开蒙课本，而首先是《孝经》，接着是《论语》《孟子》《诗经》。现在回想起来，这不是一般家馆老师安排的教学计划，而是按照父亲的见解制定的。以《孝经》《论语》开蒙，这还是汉代以来的旧制呢。第二阶段四年，是跟一位年轻而我们弟兄都非常爱戴的老师学习。这位老师姓张名惹字潞雪，是杀害秋瑾的浙江巡抚张曾敭的次子，来教

---

① 选自《毕竟是书生》，北京十月文艺出版社，1998年5月版。

我们时只二十四岁。我跟张老师读了两部大经《礼记》和《左传》，以及姚鼐编选的《古文辞类纂》等，绝大部分所读皆能成诵。张老师循循善诱，不仅要求学生背诵，而且注意给学生讲解，亲自把《皇清经解》所收一些《左传》的注解用蝇头小字摘要抄在我的读本上。同时也给我讲《史记》《韩非子》等，教我作桐城派古文。我对于先生讲书，总是全神贯注，非常爱听。不幸的是，在我十四岁时张先生暴病逝世，我们非常悲痛。回顾十年私塾教育，跟张先生这四年获益最多，长进最快，为以后我学习中国古典文献打下了坚固的基础。

先生的"束脩"，最初每月五十元，后来增加到八十元，并供应早点和午饭。张先生教书认真负责，却绝无旧日私塾中严师的架子，我们弟兄从未受过任何形式的体罚。相反，先生有时还带我们出去游玩。一九九三年五月，偶读《大成》杂志(第二百三十二期)，载有署名"檠后人"的文章《堂会忆旧》，叙述二十年代天津"某公"家为其母祝寿的一次堂会戏，北京名伶毕集，戏码精彩异常。自上午十一点开始，直演到深夜一点多钟；"当时几日内，自北京驰天津的列车乘客，几乎非演员即观众。识与不识，莫不以一睹此堂会为莫大耳目之福"。文中不仅详列当天剧目，还加以说明，如称"某公精选而认为系名伶之擅长者，并坚约已退休说戏之王瑶卿出山，串演其独具特色的《得意缘》二夫人。老旦龚云甫被点演《沙桥饯别》的唐僧，此为某公示威之得意利器，因极少人知此戏系老旦应工也"。我读此文后，不禁感慨系之。原来张先生是"某公"即山西富商渠铁衣的朋友，他带了我与二弟珏良一同去看了渠家这次堂会。我那时十三四岁，《沙桥饯别》等戏至今记忆犹新，特别是筱翠花、程继先和王瑶卿合演的《得意缘》。饰二夫人的王瑶卿戏不多，但"放你们去吧"这一句五个字的念白中所包含的复杂矛盾感情，将近七十年后的今天，我的印象迄今未磨灭。因追忆恩师，牵连及之，亦以见二十年代我家私塾中的"师生关系"也。

一九九三年，我发现父亲手写题为"一良日课"的一份课

程表，大约是一九二二年张先生初来时所订。以后张先生基本上照此执行。也有未照办的，如抄《说文》。现将课程表抄录如下：

一良日课

读生书　礼记　左传

温熟书　孝经　诗经　论语　孟子

讲书　仪礼(每星期二次)

看书　资治通鉴(每星期二四六点十页)

朱子小学(每星期一三五点五页)

同用红笔点句读如有不懂解处可问先生

写字　汉碑额十字(每日写)

说文五十字(每星期一三五)须请先生略为讲音训

黄庭经(每星期二四六)先用油纸景写二月

张先生逝世之后，家塾换了几位老师：义和团起义时被杀的毓贤之弟毓廉(字清臣)、曾作溥仪南书房行走的温肃(字毅夫)和一位河北省人喜欢作诗的张玉裁先生。可惜的是这位张先生不曾教我作诗，所以至今不会运用这"可以怨的武器"。两位遗老给我留下的印象更淡漠。只记得两位先生都拖着小辫子，温先生广东口音，身材高大，衣着整齐，黑缎子马褂闪闪发亮。毓先生矮胖，说到溥仪必称"皇上"。有旗人朋友来访问时，先蹲身"打千"，然后两人拱手相拥，动作敏捷利落，颇为美观。我从这两位先生读了《尚书》《周易》，但真正学到什么，则了无印象了。从这些家塾老师的背景，可以看出我父亲当时思想的保守倾向；而与以后对比，更可以看出他与时俱进的变化。

张先生逝世后，父亲聘请了唐兰(立庵)先生来家塾给我讲《说文解字》，使我在学问上特别是小学方面开了眼界。当时唐先生在我一位叔祖家里教家馆，每周来我家一次。他在家馆任教之余，还给天津《商报》办过学术性副刊。稿件全部由他一人包办，用不同笔名发表，内容涉及经学、小学、诸子、金石、校勘以及诗词等等。唐先生后来曾告诉我，吴世昌先生曾对他壮语："当今学人中，博极群书者有四个人：梁任公，陈寅恪，一个你，一个我！"我对唐先生的才华横溢和博学多识深深钦服。家塾的最后几年，自己也开始读一些朴学书籍，尤其喜欢王引之《经义述闻》和王国维的著作，曾在《观堂集林》上题下了"一良爱读之书"六个字，以示景仰。

家塾还有一门功课——习字。我的习字课与一般不同，不是从写楷书入手，而是按照字体的发展顺序，先练小篆——《泰山二十九字》《峄山碑》《汉碑篆额》。然后隶书——《礼器碑》《乙瑛碑》《史晨碑》等。最后练楷书，写过欧阳询、颜真卿、智永《千字文》等。这也是父亲设计的方案，他还请他的好友劳笃文先生(劳乃宣之子)不时评阅我临写的隶书，加以指点。可惜的是，我在书法方面太缺乏天资，辜负了这种打破常规的习字程序，功夫尽管下了不少，却没有学好任何一种体。只在年逾七旬以后，"倚老卖老"，我才敢偶尔应人之邀写个书签，其实心里还是惴惴不安的。平生憾事除此外还有一件，自幼喜欢京剧，却由于天赋"五音不全"，张口即"荒腔走板"，成为终生遗憾。而我学习各种外语的发音，却从未感到困难。

在家塾读古书以外，我从十四岁以后开始了外文的学习，首先是日文。这里又要提到我的父亲的卓识。当时他认为，日本与苏俄是我国紧邻，关系必将日益密切，这两国的语言很重要。所以他计划让我学日文，我的二弟珏良学俄文。珏良后入南开中学，外语为英文。当时情况下，俄文出版物不易见到，家塾补习也不易进展。他不久放弃俄文，多年后当了英文教授。我的日文则坚持下来。起初请的家庭教师是日本外国语学校中文科毕业的公司职员山内恭雄先生，他没有什么语言教学的经验和方法，让我死记硬背地读日本寻常小学的国语课本，以后接着读中学课本。从长远讲，这种笨方法却也收到良好效果。第二位教师牧野田彦松先生，号真木，京都帝国大学国文

科毕业。清末来华在保定担任教习，就留在中国，在天津开了一家小书店真木堂。父亲的意见，读外文也要通古典，所以请他教了一些古典文学作品如《保元物语》《源平盛衰记》，当然只是初窥日本古典文学门径，远谈不到系统学习。以后，又从英国中学的英语老师学了英文。

阅读思考

1.“我”的“十年私塾”可以分为三个阶段，是哪三个阶段？在这“十年私塾”中，我们弟兄都非常爱戴的老师是谁？为什么？

2.文中提到“父亲的卓识”，从哪里可以看出来呢？

3.比较一下你现在的课程表与“一良日课”的课程表，说说你的发现与感想。

九年的家乡教育①

胡 适

我母亲二十三岁就做了寡妇，从此以后，又过了二十三年。这二十三年的生活真是十分苦痛的生活，只因为还有我这一点骨血，她含辛茹苦，把全副希望寄托在我的渺茫不可知的将来。这一点希望居然使她挣扎着活了二十三年。

我父亲在临死之前两个多月，写了几张遗嘱，我母亲和四个儿子每人各有一张，每张只有几句话。给我母亲的遗嘱上说糜儿(我的名字叫嗣糜，糜字音门)天资颇聪明，应该令他读书。给我的遗嘱也教我努力读书上进。这寥寥几句话在我的一生很有重大的影响。

我在台湾时，大病了半年，故身体很弱。回家乡时，我号称五岁了，还不能跨一个七八寸高的门槛。但我母亲望我念书的心很切，故到家的时候，我才满三岁零几个月，就在我四叔父介如先生(名玠)的学堂里读书了。我的身体太小，他们抱我坐在一只高凳子上面。我坐上了就爬不下来，还要别人抱下来。但我在学堂并不算最低级的学生，因为我进学堂之前已认得近一千字了。

因为我的程度不算"破蒙"的学生，故我不须念《三字经》《千字文》《百家姓》《神童诗》一类的书。我念的第一部书是我父亲自己编的一部四言韵文，叫作《学为人诗》，他亲笔抄写了给我的。这部书说的是做人的道理。我把开头几行抄在这里：

---

① 选自《四十自述》，安徽教育出版社，2006年8月版。

为人之道，在率其性。
子臣弟友，循理之正；
谨乎庸言，勉乎庸行；
以学为人，以期作圣。

以下分说五伦。最后三节，因为可以代表我父亲的思想，我也抄在这里：

五常之中，不幸有变，
名分攸关，不容稍紊。
义之所在，身可以殉。
求仁得仁，无所尤怨。
古之学者，察于人伦，
因亲及亲，九族克敦；
因爱推爱，万物同仁。
能尽其性，斯为圣人。
经籍所载，师儒所述，
为人之道，非有他术；
究理致知，返躬践实，
黾勉于学，守道勿失。

我念的第二部书也是我父亲编的一部四言韵文，名叫《原学》，是一部略述哲理的书。这两部书虽是韵文，先生仍讲不了，我也懂不了。

我念的第三部书叫作《律诗六抄》，我不记得是谁选的了。三十多年来，我不曾重见这部书，故没有机会考出此书的编者；依我的猜测，似是姚鼐的选本，但我不敢坚持此说。这一册诗全是律诗，我读了虽不懂得，却背得很熟。至今回忆，却完全不记得了。

我虽不曾读过《三字经》等书，却因为听惯了别的小孩子高声诵读，我也能背这些书的一部分，尤其是那五七言的《神童诗》，我差不多能从头背到底。这本书后面的七言句子，如：

人心曲曲弯弯水，
世事重重叠叠山。

我当时虽不懂得其中的意义，却常常嘴上爱念着玩，大概也是因为喜欢那些重字双声的缘故。

我念的第四部书以下，除了《诗经》，就都是散文的了。我依诵读的次序，把这些书名写在下面：

(4)《孝经》。

(5) 朱子的《小学》，江永集注本。

(6)《论语》。以下四书皆用朱子注本。

(7)《孟子》。

(8)《大学》与《中庸》。(四书皆连注文读。)

(9)《诗经》，朱子集传本。(注文读一部分。)

(10)《书经》，蔡沈注本。(以下三书不读注文。)

(11)《易经》，朱子本义本。

(12)《礼记》，陈澔本。

当我九岁时，有一天我在四叔家东边小屋里玩耍。这小屋前面是我们的学堂，后边有一间卧房，有客来便住在这里。这一天没有课，我偶然走进那卧房里去，偶然看见桌子下一只美孚煤油板箱里的废纸堆中露出一本破书。我偶然捡起了这本书，两头都被老鼠咬坏了，书面也扯破了。但这一本破书忽然为我开辟了一个新天地，忽然在我的儿童生活史上打开了一个新鲜的世界！

这本破书原来是一本小字木板的《第五才子》，我记得很清楚，开始便是"李逵打死殷天锡"一回。我在戏台上早已认得李逵是谁了，便站在那只美孚破板箱边，把这本《水浒传》残本一口气看完了。不看尚可，看了之后，我的心里很不好过：这一本的前面是些什么？后面是些什么？这两个问题，我

都不能回答，却最急要一个回答。

我拿了这本书去寻我的五叔，因为他最会"说笑话"（"说笑话"就是"讲故事"，小说书叫作"笑话书"），应该有这种笑话书。不料五叔竟没有这书，他叫我去寻守焕哥。守焕哥说："我没有《第五才子》，我替你去借一部；我家中有部《第一才子》，你先拿去看，好吧？"《第一才子》便是《三国演义》，他很郑重地捧出来，我很高兴地捧回去。

后来我居然得着《水浒传》全部。《三国演义》也看完了。从此以后，我到处去借小说看。五叔，守焕哥都帮了我不少的忙。三姐夫(周绍瑾)在上海乡间周浦开店，他吸鸦片烟，最爱看小说书，带了不少回家乡；他每到我家来，总带些《正德皇帝下江南》《七剑十三侠》一类的书来送给我。这是我自己收藏小说的起点。我的大哥(嗣稼)最不长进，也是吃鸦片烟的，但鸦片烟灯是和小说书常作伴的——五叔，守焕哥，三姐夫都是吸鸦片烟的，所以他也有一些小说书。大嫂认得一些字，嫁妆里带来了好几种弹词小说，如《双珠凤》之类。这些书不久都成了我的藏书的一部分。

三哥在家乡时多。他同二哥都进过梅溪书院，都做过南洋公学的师范生，旧学都有根柢，故三哥看小说很有选择。我在他书架上只寻得三部小说：一部《红楼梦》，一部《儒林外史》，一部《聊斋志异》。二哥有一次回家，带了一部新译出的《经国美谈》，讲的是希腊的爱国志士的故事，是日本人做的。这是我读外国小说的第一步。

帮助我借小说最出力的是族叔近仁，就是民国十二年和顾颉刚先生讨论古史的胡堇人。他比我大几岁，已"开笔"做文章了，十几岁就考取了秀才。我同他不同学堂，但常常相见，成了最要好的朋友。他天才很高，也肯用功，读书比我多，家中也颇有藏书。他看过的小说，常借给我看。我借到的小说，也常借给他看。我们两人各有一个小手折，把看过的小说都记在上面，时时交换比较，看谁看的书多。这两个折子后来都不见了，但我记得离开家乡时，我的折子上好像已有了三十多部小说了。

这里所谓"小说",包括弹词、传奇以及笔记小说在内。《双珠凤》在内,《琵琶记》也在内,《聊斋志异》《夜雨秋灯录》《夜谭随录》《兰苕馆外史》《寄园寄所寄》《虞初新志》等等也在内;从《薛仁贵征东》《薛丁山征西》《五虎平西》《粉妆楼》一类最无意义的小说,到《红楼梦》和《儒林外史》一类的第一流作品,这里面的程度已是天悬地隔了。我到离开家乡时,还不能了解《红楼梦》和《儒林外史》的好处。但这一大类都是白话小说,我在不知不觉之中得了不少的白话散文的训练,在十几年后于我很有用处。

看小说还有一桩绝大的好处,就是帮助我把文字弄通顺了。那时候正是废八股时文的时代,科举制度本身也动摇了。二哥三哥在上海受了时代思潮的影响,所以不要我"开笔"做八股文,也不要我学做策论经义。他们只要先生给我讲书,教我读书。但学堂里念的书,越到后来,越不好懂了。《诗经》起初还好懂,读到《大雅》,就难懂了;读到《周颂》,更不可懂了。《书经》有几篇,如《五子之歌》,我读的很起劲;但《盘庚》三篇,我总读不熟。我在学堂九年,只有《盘庚》害我挨了一次打。后来隔了十多年,我才知道《尚书》有今文和古文两大类,向来学者都说古文诸篇是假的,今文是真的;《盘庚》属于今文一类,应该是真的。但我研究《盘庚》用的代名词最杂乱不成条理,故我总疑心这三篇是后人假造的。有时候,我自己想,我的怀疑《盘庚》,也许暗中含有报那一个"作瘤栗"的仇恨的意味罢?

《周颂》《尚书》《周易》等书都是不能帮助我作通顺文字的。但小说书却给了我绝大的帮助。从《三国演义》读到《聊斋志异》和《虞初新志》,这一跳虽然跳得太远,但因为书中的故事实在有趣味,所以我能细细读下去。石印本的《聊斋志异》有圈点,所以更容易读。到我十二三岁时,已能对本家姊妹们讲说《聊斋》故事了。那时候,四叔的女儿巧菊,禹臣先生的妹子广菊多菊,祝封叔的女儿杏仙和本家侄女翠苹定

娇等，都在十五六岁之间；她们常常邀我去，请我讲故事。我们平常请五叔讲故事时，忙着替他点火，装旱烟，替他捶背，现在轮到我受人巴结了。我不用人装烟捶背，她们听我说完故事，总去泡炒米或做蛋炒饭来请我吃。她们绣花做鞋，我讲《凤仙》《莲香》《张鸿渐》《江城》。这样的讲书，逼我把古文的故事翻译成绩溪土话，使我更了解古文的文理。所以我到十四岁来上海开始作古文时，就能做很像样的文字了。

阅读思考

1. "一本破书忽然为我开辟了一个新天地"，这是一本怎样的破书？为什么说这本破书为"我"开辟了一个新天地呢？"看小说"究竟给"我"带来了哪些好处？

2. 从这篇文章中，你看出胡适是一个怎样的人？课外搜集一些相关材料，进一步了解胡适这个人。然后再结合这篇文章，谈谈九年的家乡教育对胡适的影响。

文学聚焦：读书笔记

本单元的这几篇文章都是关于童年读书及私塾教育的随笔。那么，我们平时所说的读书笔记又是怎么一回事呢？读书笔记指读书时为了把自己的读书心得记录下来或为了把文中的精彩部分整理出来而做的笔记。读书笔记一般分为摘录、提纲、批注、心得几种。摘录式读书笔记就是平时我们进行的摘抄，这样便于积累；提纲式读书笔记就是将书本的重要内容以提纲的形式记录下来，以便于记忆；批注式读书笔记是我们经常使用的方法，采用这种方式，可以将自己阅读时的感受随时记录下来；心得式读书笔记就是写出自己阅读的认识、感想、体会和受到的启发。

 ## 点子库

🖋 制作读书手折

胡适与他的族叔近仁曾各有过一个小手折，上面记录着他们看过的小说。你也来做一个这样的读书手折，梳理一下你读过哪些书，然后跟你的同学晒一晒，看看谁读过的书多。

🖋 撰写读书随想

优秀的书籍不仅能开阔我们的视野，而且能带给我们许多启迪。一本好书，就像一艘船一样能带我们去远方。有的书，会让你大笑；有的书，会让你流泪；有的书，会让你感慨唏嘘……在你的脑海中，是否还存留着这些关于读书的记忆？让我们也来试着把读书的感想与收获写下来吧。

🖋 学习阅读、评价读后感

读后感是读书笔记的一种。读后感的突出特点是："读"是"感"的基础，"感"是"读"的结果，"感"因"读"而来。写读后感重点应落在"感"上，要把自己的真实感受写出来，这样才能打动人。另外，写读后感要抓住体会最深的一两点，这样才能写得具体而深入。下面是一个六年级的学生写的一篇读后感，你觉得这篇读后感写得如何呢？

强者之歌
——读《老人与海》
高邮市实验小学六(6)班 居田

  海明威在第一次世界大战爆发后自愿到前线参战，被炮弹炸成重伤，文人上战场，他是一个硬汉。1961年7月2日，他不堪病魔折磨，用猎枪自杀，62岁的生命终结得干净利落，他依然是一个硬汉。读《老人与海》，我认为他晚年创作的这部小说中的主人公老渔夫就是他自己的化身。文中，老渔夫与大鱼搏斗了三天两夜，最后两败俱伤，大鱼只剩下了一副白森森的骨架，老人在物质上也几乎一无所获。然而，我认为，在精神上，老人赢了，他以不向命运低头的坚韧不拔的意志成为真正的强者。

  细细咀嚼这部饱含着深刻哲理的作品，老渔夫桑提亚哥说的这段话给我留下了最深刻的印象："人并不是生来就要给打败的，你可以消灭他，却不能打败他。"是啊，如果有一天注定要失败，那么就算毁灭了自己，也要永不服输。就像作者海明威。就像老人桑提亚哥。

  桑提亚哥老人摇着小船在墨西哥湾的暖流里打鱼。已经84天了，他一无所获。就连原先一起打鱼的小帮手也无奈地离开了他。好不容易，他费尽千辛万苦，使出浑身解数，钓着了一条大鱼，可又在返回的途中遇上了成群的鲨鱼。面对一条条凶悍的鲨鱼，老人并未放弃，他没有被这突如其来的灾难压倒，而是尽自己所能与之搏斗。虽然最终鲨鱼把大鱼身上能吃的肉吃了个一干二净，老人费尽心思得到的只是一具鱼骨，但是老人以他永不服输的"硬汉子"精神取得了这场人与自然殊死搏斗的胜利。

放下《老人与海》，暂别桑提亚哥，我陷入了沉思。我想到了奥斯特洛夫斯基、海伦·凯勒、霍金，还有阿炳、张海迪、桑兰……命运给予他们太多的不公平，但他们没有悲观退缩，而是付出了常人无数倍的汗水和辛劳，勇敢地向命运之神挑战。他们这种不屈不挠的精神使命运之神也不得不屈服。最终，他们的生命放射出了夺目的光彩。他们都是精神上的强者。就像老人桑提亚哥。

我还想到了当代作家陈忠实笔下的"青海高原一株柳"。那柳生长在条件恶劣的高原之上，但它终以超乎想象的毅力与韧劲生存下来，成了高原上一处壮丽的风景。它也是精神的强者。就像老人桑提亚哥。

我有健全的身体，灵活的大脑，还有幸福的生活。我生活在蜜罐中。蜜罐中的我更要做生活的强者。就像老人桑提亚哥。

昨夜下了一场大雪，早晨，雪花还在飘着，天寒地冻。我要去上学呀！终于，磨磨蹭蹭走下楼梯，银白的雪花刮过我的脸颊，一片一片，刀割一般。我有点想打退堂鼓了。突然，脑中电光一闪，我想到了老人桑提亚哥。在大海上那样恶劣的环境下，孤独的老人不屈服于命运的安排，哪怕失败，也要斗争到底。我连这点困难也克服不了吗？于是，我背好书包，冒着风雪走到学校。一进校门，便发现空气中隐隐浮动着一阵清香——梅花开了。雪花打在梅枝上，花儿不但没有被打蔫，反而在白雪的映衬下显得更润滑晶莹，香气也更浓了。呵，原来梅花也是这样不怕困难、永不服输的呀！就像老人桑提亚哥。

张爱玲的笔法

单元导读

　　张爱玲曾经亲口对弟弟说："与其做一个平庸的人过一辈子清闲生活，终其身，默默无闻，不如做一个特别的人做点特别的事。"张爱玲是特别的，她擅绘画，懂音乐，会跳舞，要听见电车响才睡得好觉，喜欢小菜场里的茄子和小辣椒，最精通文学……她的散文有着特别的灵性、鲜活的色彩，读之令人难忘。

　　她在《自己的文章》中介绍写作秘诀："是用参差的对照的手法写出现代人的虚伪之中有真实，浮华之中有素朴"。她所写的人，并不是悲壮的大人物，而往往是自己身边的人；她所记录的事，有一些可爱，也带着一丝苍凉。

弟 弟①

张爱玲

　　我弟弟生得很美而我一点也不。从小我们家里谁都惋惜着，因为那样的小嘴、大眼睛与长睫毛，生在男孩子的脸上，简直是白糟蹋了。长辈就爱问他："你把眼睫毛借给我好不好？明天就还你。"然而他总是一口回绝了。有一次，大家说起某人的太太真漂亮，他问道："有我好看么？"人家常常取笑他的虚荣心。

　　他妒忌我画的图，趁没人的时候拿来撕了或是涂上两道黑杠子。我能够想象他心理上感受的压迫。我比他大一岁，比他会说话，比他身体好，我能吃的他不能吃，我能做的他不能做。

　　一同玩的时候，总是我出主意。我们是《金家庄》上能征惯战的两员骁（xiāo）将，我叫月红，他叫杏红，我使一口宝剑，他使两只铜锤，还有许许多多虚拟的伙伴。开幕的时候永远是黄昏，金大妈在公众的厨房里咚咚切菜，大家饱餐战饭，趁着月色翻过山头去攻打蛮人。路上偶尔杀两头老虎，劫得老虎蛋，那是巴斗（底为半球形的容器，用竹、藤条编成）大的锦毛毬，剖开来像白煮鸡蛋，可是蛋黄是圆的。我弟弟常常不听我的调派，因而争吵起来。他是"既不能令，又不受令"的，然而他实是秀美可爱，有时候我也让他编个故事：一个旅行的人为老虎追赶着，赶着，赶着，泼风似的跑，后头呜呜赶着……没等他说完，我已经笑倒了，在他腮上吻一下，把他当个小玩意。

---

①选自《张爱玲散文全编：童言无忌》，来凤仪编，浙江文艺出版社，1998年3月版。

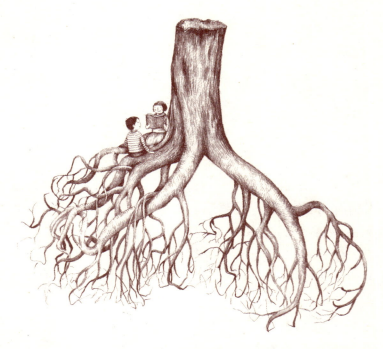

　　有了后母之后，我住读的时候多，难得回家，也不知道我弟弟过的是何等样的生活。有一次放假，看见他，吃了一惊。他变得高而瘦，穿一件不甚干净的蓝布罩衫，租了许多连环图画来看，我自己那时候正在读穆时英的《南北极》与巴金的《灭亡》，认为他的口胃大有纠正的必要，然而他只晃一晃就不见了。大家纷纷告诉我他的劣迹，逃学，忤（wǔ）逆，没志气。我比谁都气愤，附和着众人，如此激烈地诋毁他，他们反而倒过来劝我了。

　　后来，在饭桌上，为了一点小事，我父亲打了他一个嘴巴子。我大大地一震，把饭碗挡住了脸，眼泪往下直淌。我后母笑了起来道："咦，你哭什么？又不是说你！你瞧，他没哭，你倒哭了！"我丢下了碗冲到隔壁的浴室里去，闩（shuān）上了门，无声地抽噎着，我立在镜子前面，看我自己的掣（chè）动的脸，看着眼泪滔滔流下来，像电影里的特写。我咬着牙说："我要报仇。有一天我要报仇。"

　　浴室的玻璃窗临着阳台，啪的一声，一只皮球蹦到玻璃上，又弹回去了。我弟弟在阳台上踢球。他已经忘了那回事了。这一类的事，他是惯了的。我没有再哭，只感到一阵寒冷的悲哀。

阅读思考

1.如果你有兄弟姐妹，印象最深的是关于他的什么事情呢？如果你没有兄弟姐妹，那么你希望自己有一个哥哥、一个姐姐，还是一个弟弟或一个妹妹？为什么？

2.你是否发现了，本文所写的弟弟，在文中有两种不同的形象——□□的弟弟，□□的弟弟。请在两个空格里各填一个词语，来形容两个不同的弟弟。

3.请试着朗读文章前三节，你认为哪一件事，最能体现弟弟的幼稚？

4.文章最后一句："我没有再哭，只感到一阵寒冷的悲哀。"令"我"感到悲哀的原因，主要有哪几点呢？

姑姑语录①

张爱玲

我姑姑说话有一种清平的机智见识，我告诉她有点像周作人他们的；她照例说她不懂得这些，也不感到兴趣——因为她不喜欢文人，所以处处需要撇清。可是有一次她也这样说了："我简直一天到晚地发出冲淡之气来！"

有一天夜里非常的寒冷。急急地要往床里钻的时候，她说："视睡如归。"写下来可以成为一首小诗："冬之夜，视睡如归。"

洗头发，那一次不知怎么的头发很脏很脏了，水墨黑。她说："好像头发掉色似的。"

她有过一个年老唠叨的朋友，现在不大来往了。她说："生命太短了，费那么些时间和这样的人在一起是太可惜——可是，和她在一起，又使人觉得生命太长了。"

起初我当作她是说：因为厌烦的缘故，仿佛时间过得奇慢。后来发现她是另外一个意思：一个人老了，可以变得那么的龙钟糊涂，看了那样子，不由得觉得生命太长了。

从前有一个时期她在无线电台上报告新闻，诵读社论，每天工作半小时。她感慨地说："我每天说半个钟头没意思的话，可以拿好几万的薪水；我一天到晚说着有意思的话，却拿不到一个钱。"

她批评一个胆小的人吃吃艾艾的演说："人家唾珠咳玉，他是珠玉卡住了喉咙了。"

"爱德华七世路"（爱多亚路）我弄错了当作是"爱德华

---

① 原刊《杂志》月刊，1945年5月第15卷第2期。

八世路"。她说："爱德华八世还没来得及成马路呢。"

她对于我们张家的人没有多少好感——对我比较好些，但也是因为我自动地粘附上来，拿我无可奈何的缘故。就这样她也常常抱怨："和你住在一起，使人变得非常唠叨（因为需要嘀嘀咕咕）而且自大（因为对方太低能）。"

有一次她说到我弟弟很可怜地站在她眼前："一双大眼睛吧达吧达望着我。""吧达吧达"四个字用得真是好，表现一个无告的男孩子沉重而潮湿地眨着眼。

她今年过了年之后，运气一直不怎么好。越是诸事不顺心，反倒胖了起来，她写信给一个朋友说："近来就是闷吃闷睡闷长。……好容易决定做条裤子，前天裁了一只腿，昨天又裁了一只腿，今天早上缝了一条缝，现在想去缝第二条缝。这条裤子总有成功的一日罢？"

去年她生过病，病后久久没有复元。她带一点嘲笑，说道："又是这样的恹恹①的天气，又这样的虚弱，一个人整个地像一首词了！"

她手里卖掉过许多珠宝，只有一块淡红的披霞②，还留到现在，因为欠好的缘故。战前拿去估价，店里出她十块钱，她没有卖。每隔些时，她总把它拿出来看看，这里比比，那里比比，总想把它派点用场，结果又还是收了起来，青绿丝线穿着的一块宝石，冻疮肿到一个程度就有那样的淡紫红的半透明。襟上挂着做个装饰品罢，衬着什么底子都不好看。放在同样的颜色上，倒是不错，可是看不见，等于没有了。放在白的上，那比较出色了，可是白的也显得脏相了。还是放在黑缎子上面顶相宜——可是为那黑色衣服的本身着想，不放，又还要更好些。

除非把它悬空宕（dàng）着，做个扇坠什么的。然而它只有一面是光滑的。反面就不中看；上头的一个洞，位置又不对，在宝石的正中。

---

①恹恹：精神萎靡的样子。
②披霞：电气石，一种硅酸盐矿物，其工艺名称为"碧玺"。

姑姑叹了口气，说："看着这块披霞，使人觉得生命没有意义。"

阅读思考

1.生活总能让人们妙语迭出，你身边的人可有精彩的语录？请转述给同学们听听。

2.作者用十二个片段记录了姑姑的十二句话，请朗读你喜欢的那一个片段，然后说一说姑姑的这句话的精妙之处。

3.透过姑姑的这些话，可以看出姑姑是个怎样的人？请用一个词语来概括姑姑的性格特点，并引用她所说的话来证明。

4.姑姑说"一个人整个地像一首词了"，请试着去找一找，哪一首词，刚好能体现姑姑所说的那种状态（天气的恹恹、人的虚弱）呢？

夜营的喇叭①

张爱玲

晚上十点钟，我在灯下看书，离家不远的军营里的喇叭吹起了熟悉的调子。几个简单的音阶，缓缓地上去又下来，在这鼎沸的大城市里难得有这样的简单的心。

我说："又吹喇叭了。姑姑可听见？"我姑姑说："没留心。"我怕听每天晚上的喇叭，因为只有我一个人听见。

我说："啊，又吹起来了。"可是这一次不知为什么，声音极低，绝细的一丝，几次断了又连上。这一次我也不问我姑姑听得见听不见了。我疑心根本没有什么喇叭，只是我自己听觉上的回忆罢了。于凄凉之外还感到恐惧。

可是这时候，外面有人响亮地吹起口哨，信手拾起了喇叭的调子。我突然站起身，充满喜悦与同情，奔到窗口去，但也并不想知道那是谁，是公寓楼上或是楼下的住客，还是街上过路的。

阅读思考

1.本文写的是深夜里听见音乐声的情景，你的记忆里若有类似的经验，给你留下深刻印象的是什么乐器，什么曲调？

2.作者对喇叭声是又怕又爱的。怕，是"因为只有我一个人听见"；爱，是因为什么呢？

①原载于上海《新中国报——文艺》，1944年5月5日。

文学聚焦：作者该是园里的一棵树

张爱玲自称是一个古怪的女孩，从小被视为天才。她回顾自己的创作历程，发现初学写文章时，感到海阔天空，历史小说、武侠言情……想怎样写就怎样写，但是越到后来越觉得拘束。她发现，对于一个作者来说，走马观花式的采风是无用的，即使在某地住上两三个月，放眼搜集地方色彩，也还是无用，因为生活空气的浸润感染，往往是在有意无意中的，不能先有个存心。应当老老实实生活着，然后，自然会把能够写的一切写出来。

张爱玲说："我认为文人该是园里的一棵树，天生在那里的，根深蒂固，越往上长，眼界越宽，看得更远，要往别处发展，也未尝不可以，风吹了种子，播送到远方，另生出一棵树，可是那到底是很艰难的事。"①

微型写作课：城市生活记趣

张爱玲写身边的人与事，大多是城市的生活，她喜欢城市，最爱上海，认为"上海人是传统的中国人加上近代高压生活的磨炼。新旧文化种种畸形产物的交流，结果也许是不甚健康的，但是这里有一种奇异的智慧。"

她写电车回厂，"一辆衔接一辆，像排了队的小孩；嘈杂，叫嚣，愉快地打着哑嗓子的铃：'克林，克赖，克赖，克赖！'吵闹之中又带着一点由疲乏而生的驯服，是快上床的孩子，等着母亲来刷洗他们"。

写坐电梯，"人字图案的铜栅栏外面，一重重的黑暗往下移，棕色的黑暗，红棕色的黑暗，黑色的黑暗……衬着交替的黑

---

① 选自《张爱玲散文全编：写什么》，来凤仪编，浙江文艺出版社，1998年3月版。

暗，你看见司机人的花白的头"。

　　写自行车，"有人在自行车轮上装着一盏红灯，骑行时但见红圈滚动，流丽之极"。

　　写弟弟，写姑姑，写夜营的喇叭……

　　老老实实生活在城市里的你，是否也发现城市生活的简便、可爱和有趣，并乐意写写其中的一两个人或两三件事呢？

鲍尔吉·原野散文四章

单元导读

鲍尔吉·原野，我国蒙古族散文家，著有《善良是一棵矮树》《思想起》《掌心化雪》《青草课本》《每天变傻一点点》等。

关于写作，作家自述道："我所感受的写作，就是有话要说出来。这些话乃是好话。就个人创作而言，我把'好话'解释为朴素与单纯。这意味着放低做人的姿态，谦卑而真切地感受生活，感受普通的劳动者在艰难中透露出的善良和乐观，不矫情，不妖道，不嚣张，相信读者什么都懂。把话朴素和单纯地说出来，此时这些话显然也是真诚的。"

鲍尔吉·原野相信，语言可以和人的心灵结为一体，语言里面是美丽的故乡。

月光手帕①

鲍尔吉·原野

很多年以前，我在医院为父亲陪床。病人睡熟之后，陪床的人并没有床可睡。时间已在后半夜，我散步在一楼和三楼的楼梯间。这时的医院没什么人走动了，几个乡下人披着棉袄蹲在楼梯口吸烟。偶尔，有系着口罩的护士手执葡萄糖瓶轻盈往来。

我下到一楼，又拾阶上楼，走在我前面的一个小姑娘，约莫是个中学生，行走间蹲下，捡一样东西，旋又走开了，回头瞅我一眼。她走开后，地上一个薄白之物仍放着，像一个手帕。

我走近看，这不是手帕，而是一小片月光摊在楼梯上。为什么是一小片呢？原来是从被打死的落地长窗斜照进来的，只有一方手帕大的小窗未钉死。子夜之时，下弦月已踱到西天。这一片月光射入，在昏黄的楼道灯光下，弥足可贵。

小姑娘误以为这是奶白色的手帕，她弯腰时，手指触到冰凉的水泥地上便缩回了。她瞅了我一眼，也许是怕笑话。

我不会笑她，这一举动里充满生机。小姑娘也是一个病人的家属，我不知她的病人在床上忍受怎样的煎熬。但她是这么敏感，心里盛着美，不然不会把月光误作手帕。

在她发现这块"月光手帕"前，我已将楼梯走了几遍，对周遭懵然无动于衷。正是因为她弯腰，才诱使我把这一小片月色看成是手帕，或者像手帕。但我感伤于自己没有她那样的空

①选自《掌心化雪》，吉林文史出版社，2001年9月版。

灵，走过来也不会弯下腰去。因为一双磨炼得很俗的眼睛极易发现月光的破绽，也就失去了一次美的愉悦。

许多年过去了，我对此事有了新的想法。多么喜欢她把这块"手帕"捡起来，抖一下。这是不可能的事情，但我替月光遗憾，它辜负了小姑娘轻巧的半蹲捡手帕的样子。

阅读思考

1.作者在医院楼梯上发现了一处奇特的月光。月光是生活中常见的景象，你的生活中，什么时间、什么地点的月光，曾留给你深刻的印象？

2.小姑娘蹲下去捡东西，马上又走开了，为什么会回头瞅"我"一眼？

3.在文章结尾，作者"替月光遗憾，它辜负了小姑娘"。如果月亮有知，为了不留下遗憾，它可以怎么做呢？

4.下面这首诗，和文章有什么相同点？为了表现月光，诗和散文都使用了比喻，请说一说这两个比喻的不同之处。

我以为看见一封信投在门廊[①]

[芬兰]伊娃—利萨·曼纳 著　北岛 译

我以为看见一封信投在门廊，
可那只是一片月光。
我从地板上拾了起来。
多轻呵，这月光的便笺，
而一切下垂，像铁一样弯曲，在那边。

----

①选自《北欧现代诗选》，河北教育出版社，2004年1月版。

小云站岗①

鲍尔吉·原野

　　在沈从文先生的散文中，有一篇"云南看云"，此文更多的还是在写事物。我在达尔罕乌拉②苏木③的院子里看克什克腾之云。浅蓝的天空如垂直于地平线的屏幕，上面除了一朵云，什么都没有。这朵云独留于天心，好像大批的云都休息或宴饮去了，吩咐这朵小云出来站岗。因为没有风，此云竟不舒卷变化，老是保持一种姿势。这姿势大约就是立正了。清人张潮说："天下万物皆可画，唯云不可画。"画云的确是一件很为难的事，大师所不为也。乡间为农家炕琴④画玻璃画的画匠，才喜欢勾摹"祥云朵朵"。也是清代人张松坡讲"云有阴阳向背、有层次内外"，亦言其难以表现。我诧异的一件事是，白云老是一如既往地停在天边，那么天边的人看白云也是天边吗？"云南"的意思即言辽远，但云南人并不把我们称为"云北人"。在云彩当中，只有乌云喜欢降临在人的头顶。

　　过了一会儿，友人荒原出来探询病况，并拉我进屋喝酒。我告诉他，天上诸云也在喝酒，留一朵新云值班。他问在哪儿？我伸手一指，发现云已消失了。

　　在从达尔罕乌拉至经棚镇的路上，车向东开，夕阳在后面。我无意间回头一望，见整个西边的地平线上，飞云崔巍成阵，蓝色镶着银白的边儿。我深信这正是成吉思汗的马队，老

---

①选自《世相铁板烧》（节选自其中的《在公社的院子里》一文，题目为编者所加），上海人民出版社，1998年9月版。
②达尔罕乌拉，位于内蒙古自治区赤峰市克什克腾旗。
③苏木，蒙古语，本义为箭，用以指乡级行政区，介乎旗(县)与村之间。
④炕琴：炕上的长卧柜，上边可以搁被子。

祖宗为我送行来了。如果车停下来，我一定伏地叩上几个响头。

 阅读思考

1.《小云站岗》中，最打动你的是哪一个句子？

2. "天下万物皆可画，唯云不可画。"清人张潮如是说。请参照本文给这种说法一个充分的理由。

3.人在看云，云也在看人，请以这朵小云的口吻，说一说它在站岗时的所见所想。

4.作者说："我诧异的一件事是，白云老是一如既往地停在天边，那么天边的人看白云也是天边吗？"请向地理老师请教这个问题，得到答案之后，上网搜索到鲍尔吉·原野的新浪博客，并进去给他留言。

上帝的伏兵①

鲍尔吉·原野

有一只粉色的小虫子在空中旋转，好像一只小虾，在空气的水里下沉。这是我在桑园练拳时看到的。但我知道，谁也不能摆脱地心引力，包括虫子。它的头部或尾部必有一根丝悬着。

我俯身，看它舞蹈。此物也是壮士，从口里或腹内泌出绳索，且出且下，转着圈儿，不惧脚下深渊，也不怕这丝吐半道不够用。但我还是看不清那根丝，近视。

雨后的太阳迸然而出，像把云彩的棉絮挣破了。阳光洒过来，照见虫子上方一根银丝，闪亮。

我把树枝小心抬起，看丝缚在哪里。却见：这个宽如老鹰翅膀的树枝下面，悬藏着密密麻麻的雨滴。我惊讶了，这些雨滴向我闪烁千百只眼，而且圆圆地要坠下去，警告我松开手。是的，我发现了造物的机密，便战战兢兢松开，仿佛碰掉一滴水，都是我的罪过。

它们是上帝的伏兵，正在监视那只粉红的小虫往地面降落。

阅读思考

1.你认为本文中哪一种情感最强烈？这种情感是因什么而激起的？

---

①选自《掌心化雪》，吉林文史出版社，2001年9月版。

2.对于一根丝的仔细考察，引出了很多故事，从中可以看出作者对自然怎样的态度？请用一个词语加以概括并从文中找出相关语句作为证据。

3."仿佛碰掉一滴水，都是我的罪过"，为什么作者会有这样的感觉？

4.写作本文时，作者仿佛使用了一个放大镜，得以细致观察，见平常所不能见。请同样使用一个"放大镜"，来观察身边的一件微小而不起眼的事物，并记录你的发现。

烤 火①

鲍尔吉·原野

在大雪飞落的冬季，烤火成为一个甜美的词。

人们出去、进来，仿佛是为了接近烤火而做一些准备。

烤火的姿势最美。伸出手，把手心与动荡的红焰相对。你发现手像一个孩子，静静倾听火所讲述的故事。

我爱看烤火的手，朴实而温厚，所有在劳动中积攒的歌声，慢慢融化在火里。抓不住的岁月的鸟翼，在掌心留下几条纹，被火照亮，像羽毛一样清晰。

烤火的男人，彼此之间像兄弟。肩膀靠着肩膀，脸膛红彤彤的，皱纹远远躲在笑容的阴影后面。用这样的姿势所怀抱

①选自《掌心化雪》，吉林文史出版社，2001年9月版。

的，是火。像他们抱庄稼迈过田埂，像女人抱孩子走到马车边上。

烤——火，这声音说出来像歌声结尾的两个音节，柔和而亲切。说着，火的伙伴手拉着手从指尖跑向心窝。

你在哪里看过许多人齐齐伸手，在能摸未摸之际，获取满足。这是在烤火，火。

在北方，田野只留下光洁的杨树，用树杈支撑着瓦蓝的晴空。雪后，秋天收回土地上的黄色，屋舍变矮，花狗睡在炕梢，玻璃窗后睁着猫的灵目，乌鸦飞过山岗。

雪花收走了所有的声音，河封冻了。这时，倘若接到一个邀请，倘若走进一个陌生的人家，听到的会是：

——来，烤火，烤烤火。

阅读思考

1.作者说，"烤火的姿势最美"，请伸出你的手，摆一个烤火的姿势，然后说一说你是否同意这一看法，并给出理由。

2."抓不住的岁月的鸟翼，在掌心留下几条纹，被火照亮，像羽毛一样清晰"，请找出这个句子中比喻的本体和喻体，并说一说相似点在哪里。

3.北方的冬季，一起烤火是人们很好的交流形式。在你的家乡，人们会在什么场所，通过什么形式交流呢？

4.散文并不特别强调音韵，然而本文有好几处巧妙地使用了音韵，请找出来，并通过朗读来体会作者的用意。

文学聚焦：状难写之景

宋代欧阳修的《六一诗话》中，记有梅尧臣的两句话："状难写之景，如在目前；含不尽之意，见于言外。"意思是说，好的描写，可以把景象移到读者的眼前，仿佛要让他们亲眼看到一样。可见，描写追求的是清晰的画面感。

"一小片月光摊在楼梯上。为什么是一小片呢？原来是从被打死的落地长窗斜照进来的，只有一方手帕大的小窗未钉死。"——《月光手帕》

"浅蓝的天空如垂直于地平线的屏幕，上面除了一朵云，什么都没有。"——《小云站岗》

"雨后的太阳迸然而出，像把云彩的棉絮挣破了。阳光洒过来，照见虫子上方一根银丝，闪亮。"——《上帝的伏兵》

"在北方，田野只留下光洁的杨树，用树杈支撑着瓦蓝的晴空。雪后，秋天收回土地上的黄色，屋舍变矮，花狗睡在炕梢，玻璃窗后睁着猫的灵目，乌鸦飞过山岗。"——《烤火》

这些景象，都历历可见，非常清晰。除了以上这些例子，你是否还可以在文中找到一些画面感清晰的描写？

"状难写之景，如在目前"，不难明白了，而"含不尽之意，见于言外"，是要求作者不直白地流露情意，而是含蓄地藏在描写之中，要读者自己去体会。

比如"鸡声茅店月，人迹板桥霜"，这是唐代诗人温庭筠的《商山早行》里所描写的景象。鸡叫声中，旅人就起身离开茅店赶路了，这时候天上还挂着月亮，清晨寒冷有霜，旅人的脚步印在上面。十个字里，没有一个字写到旅人的心情，但从景物描写之中，自然可以看出旅人的辛苦。

请在四篇文章里选择一处含有"不尽之意"的句子，说一说：作为读者的你，感受到了作者怎样的情意？

 点子库：从一张照片开始

散文怎么写？最简单的办法，可以从一张照片开始！

要知道，作为艺术品的照片是互相矛盾的，它记录的片刻既早已逝去，又分明就在眼前。瞬间与永恒，就这样结合在一张照片上。不妨按照以下步骤，写一篇关于照片的散文：

1.翻出一张你感兴趣的老照片，你自己拍的或家人拍的都可以，重要的是，照片里的风景，吸引了你。

2.仔细打量，对着照片一遍遍地看，不断地向它提问：你为什么选这张而不是选其他的照片作为自己的写作对象？它到底哪里最吸引你？当时的天气如何？是什么季节？在什么地方？照片上的人物喜欢周围的环境吗？为什么要在这里留影？有什么风景值得特别关注？……慢慢地，这张看起来很简单的照片，会因为你一个又一个的问题，变得丰富起来了。

3.然后，用一个放大镜来看照片（如果照片存在电脑里，直接点击放大就是了），是否有一两个细节，起初你并没有留意，当照片被放大之后，忽然就被你发现了？

4.接着，试着跳出照片的框架，想想照片之外的东西，也许能有更多的发现。照片以外的世界是一片空白，怎么来填补？可以试试否定句："在照片上看不到……"或者"那里应该有但被挡住了的风景是……"接着你就可以想象那些缺失的景象。

5.最后，根据你的提问和发现，动笔描述照片上的风景。要知道，你在描写照片上的风景时，也是在探索和发现你自己，而作为读者的我们，在读你的文章时，也会不自觉地跟着你加入这一神奇的发现之旅，被你笔下的风景深深吸引。

生命，以什么单位计量

单元导读

历史拍着它强大的翅膀，飞过了许多个世纪。在生命的旅途上，人们艰辛跋涉，上下求索。每当人们疲倦、懈怠、感到孤独无力的时候，总会有人站出来，勇敢地踏上"光荣的荆棘路"，挥舞着强劲有力的臂膀，发出振聋发聩的声音，鼓起人们的勇气，给予人们安慰，带给人们内心的平安。人类啊，听了这些震聋发聩的声音后，你会明白生命该以什么单位来计量吗？你能体会到在这清醒的片刻中所感到的幸福吗？

我的信念①

〔法国〕居里夫人

生活对于任何一个男女都非易事，我们必须有坚韧不拔的精神；最要紧的还是我们自己要有信心。我们必须相信，我们对一件事情有天赋的才能，并且，无论付出什么代价，都要把这件事情完成。当这件事情结束的时候，要能够问心无愧地说："我已经尽我所能了。"

有一年的春天，我因病被迫在家里休息数周。我注视着我的女儿们所养的蚕，结着茧子，这使我极感兴趣。望着这些蚕，固执地、专注勤奋地工作着，我感到我和它们非常相似，像它们一样，我总是耐心地专注于一个目标。我之所以如此，或许是因为有某种力量在鞭策着我——正如蚕被鞭策着去结它的茧子一般。

在近50年里，我致力于对科学的研究，而研究基本上是对真理的探讨。我有许多美好快乐的回忆。少女时期我在巴黎大学，孤独地过着求学的岁月。在后来的一段时期中，我丈夫和我专心致志地，像在梦幻之中一般，艰辛地在简陋的书屋里研究，后来我们就在那儿发现了镭。

在生活中，我永远是追求安静的工作和简单的家庭生活的。为了实现这个理想，后来我要竭力保持宁静的环境，以免受人事的侵扰和盛名的渲染。

我深信在科学方面，我们是有对事而不是对人的兴趣的。当皮埃尔·居里和我决定应否在我们的发现上取得经济上的利

---

①选自《现代人的智慧》，黎先耀主编，科学普及出版社，1999年1月版。

益时，我们都认为这是违反我们的纯粹的研究观念的。因而我们没有申请镭的专利，也就抛弃了一笔财富。但我坚信我们是对的。诚然，人类需要寻求现实的人，而我们在工作中，已获得最大的报酬。而且，人类也需要梦想家——他们对于一项事业的忘我地研究，强烈地吸引了他们，使他们没有闲暇，也无热诚去谋求物质上的利益。我内心唯一的奢望，是在一个自由国家中，以一个自由学者的身份从事研究工作。我从没有视这件权利为理所当然的，因为在24岁以前，我一直居住在被占领和蹂躏的波兰。我估量过法国自由的代价。

我并非生来就是一个性情温和的人。我很早就知道，许多像我一样敏感的人，甚至受了一言半语的呵责，便会过分懊恼。他们尽量隐藏自己的敏感。从我丈夫温和沉静的性格中，我获益匪浅。当他猝然长逝后，我便学会了逆来顺受。年纪渐大了，我愈会欣赏生活中的种种琐事，如栽花、研究植物和建筑；对诵诗和眺望星辰，我也有一点兴趣。

我一直沉醉于世界的优美之中，我所热爱的科学，也在不断增加着崭新的远景。我认定，科学本身就具有一种伟大的美。一位从事研究工作的科学家，不仅是一个技术人员，他还是一个小孩子，在大自然的景色中留连，好像迷醉于神话故事一般。这种魅力，就是使我终身能够在实验室里埋头工作的主要因素。

阅读思考

1.用简洁的话语归纳居里夫人的人生信念。

2.从居里夫人的人生信念中选择几条最能打动你的，让它们也成为你的人生信念。

3.阅读爱因斯坦的演讲《悼念玛丽·居里》。

生命，以什么单位计量①

（中国台湾）张晓风

这是一家小店铺，前面做门市，后面住家。

星期天早晨，老板娘的儿子从后面冲出来，对我大叫一句：

"我告诉你，我的电动玩具比你多！"

我不知道他在跟谁说话，四面一看，店里只我一人，我才发现，这孩子在跟我作现代版的"石崇斗富"。

"你的电动玩具都是小的，我的，是大的！"小孩继续叫阵。

老天爷，这小孩大概太急于压垮人，于是饥不择食，居然来单挑我，要跟我比电动玩具的质跟量。我难道看起来会像一个玩电动玩具的小孩吗？我只得苦笑了。

他其实是个蛮清秀的小孩，看起来也聪明机灵，但他为什么偏偏要找人比电动玩具呢？

"我告诉你，我根本没有电动玩具！"我弯腰跟那小孩说，"一个也没有，大的也没有，小的也没有——你不用跟我比，我根本就没有电动玩具，告诉你，我一点也不喜欢电动玩具。"

小孩目瞪口呆地望着我，正在这时候，小孩的爸爸在里面叫他：

"回来，不要烦客人。"

（奇怪的是他只关心有没有哪一宗生意被这小鬼吵掉了，

①选自《一一风荷举》，作家出版社，2010年6月版。

他完全没想到说这种话的儿子已经很有毛病了。)我不能忘记那小孩惊奇不解的眼神。大概，这正等于你驰马行过草原有人拦路来问：

"远方的客人啊，请问你家有几千骆驼？几万牛羊？"
你说：

"一只也没有，我没有一只骆驼，一只牛，一只羊，我连一只羊蹄也没有！"

又如雅美人问你："你近年有没有新船下水？下水礼中你有没有准备足够多的芋头？"你却说：

"我没有船，我没有猪，我没有芋头！"

这是一个奇怪的世界。计财的方法或用骆驼或用芋头，或用田地，或用妻妾，至于黄金、钻石、房屋、车子、古董——都是可以计算的单位。

这样看来，那孩子要求以电动玩具和我比画，大概也不算极荒谬吧！

可是，我是生命，我的存在既不是"架""栋""头""辆"，也不是"亩""艘""匹""克拉"等等单位所可以称量评估的啊！

我是我，不以公斤，不以公分，不以智商，不以学位，不以畅销的"册数"。我，不纳入计量单位。

阅读思考

1."小孩目瞪口呆地望着我"，你觉得他这会儿心里在想什么？

2.在生活中，你遇到过计量生命的时刻吗？什么时候，又是用什么单位？

3.你说，我们的生命，该以什么单位计量？

光荣的荆棘路①

〔丹麦〕安徒生 著　　叶君健 译

　　从前有一个古老的故事："光荣的荆棘路：一个叫作布鲁德的猎人得到了无上的光荣和尊严，但是他却长时期遇到极大的困难和冒着生命的危险。"我们大多数的人在小时候已经听到过这个故事，可能后来还读到过它，并且也想起自己没有被人歌颂过的"荆棘路"和"极大的困难"。故事和真事没有什么很大的分界线。不过故事在我们这个世界里经常有一个愉快的结尾，而真事常常在今生没有结果，只好等到永恒的未来。

　　世界的历史像一个幻灯。它在现代的黑暗背景上，放映出明朗的片子，说明那些造福人类的善人和天才的殉道者在怎样走着荆棘路。

　　这些光耀的图片把各个时代、各个国家都反映给我们看。每张片子只放映几秒钟，但是它却代表整个的一生——充满了斗争和胜利的一生。我们现在来看看这些殉道者行列中的人吧——除非这个世界本身遭到灭亡，这个行列是永远没有穷尽的。

　　我们现在来看看一个挤满了观众的圆形剧场吧。讽刺和幽默的语言像潮水一般从阿里斯托芬②的《云》喷射出来。雅典最了不起的一个人物，在人身和精神方面，都受到了舞台上的

---

①选自《安徒生童话全集（第2卷）》，中国城市出版社，2009年5月版。
②阿里斯托芬（约公元前446—前385），古代希腊喜剧作家。他在剧本《云》里猛烈攻击苏格拉底。

嘲笑。他是保护人民反抗"三十僭主"①的战士。他名叫苏格拉底②，他在混战中救援了阿尔基比阿德斯和色诺芬，他的天才超过了古代的神仙。他本人就在场。他从观众的凳子上站起来，走到前面去，让那些正在哄堂大笑的人可以看看，他本人和戏台上被嘲笑的那个对象究竟有什么相同之点。他站在他们面前，高高地站在他们面前。

你，多汁的、绿色的毒萝卜树，雅典的阴影不是橄榄树而是你③！

七个城市国家④在彼此争辩，都说荷马是在自己城里出生的——这也就是说，在荷马死了以后！请看看他活着的时候吧！他在这些城市里流浪，靠朗诵自己的诗篇过日子。他一想起明天的生活，头发就变得灰白起来。他，这个伟大的先知者，是一个孤独的瞎子。锐利的荆棘把这位诗中圣哲的衣服撕得稀烂。

但是他的歌仍然是活着的；通过这些歌，古代的英雄和神仙也获得了生命。

图画一幅接着一幅地从日出之国，从日落之国现出来。这些国家在空间和时间方面彼此的距离很远，然而它们却有着同样的光荣的荆棘路。生满了刺的蓟只有在它装饰着坟墓的时候，才开出第一朵花。

骆驼在棕榈树下面走过。它们满载着靛青和贵重的财宝。这些东西是这国家的君主送给一个人的礼物——这个人是人民的欢乐，是国家的光荣。嫉妒和毁谤逼得他不得不从这国家逃

----

①僭主政治，指用武力夺取政权而建立的个人统治。公元前7至6世纪，在希腊各城邦形成的时期，较广泛地出现过这种政权形式。公元前404年，斯巴达打败雅典，在雅典扶植一个三十人的委员会，后来被称为"三十僭主政府"。

②苏格拉底（公元前470—前399），古代希腊哲学家。他曾在一次战争中救过阿尔基比阿德斯（约公元前450—前404）的性命；在另一次战争中救过色诺芬（约公元前444—前354）的性命。

③雅典政府逼迫苏格拉底喝毒葡萄酒自杀。

④古代希腊的每个城市都是一个国家。

走，只有现在人们才发现他。这个骆驼队现在快要走到他避乱的那个小镇。人们抬出一具可怜的尸体走出城门，骆驼队停下来了。这个死人正是他们所要寻找的那个人：菲尔多西①——光荣的荆棘路在这儿告一段落！

在葡萄牙的京城里，在王宫的大理石台阶上，坐着一个圆面孔、厚嘴唇、黑头发的非洲黑人，他在向人求乞。他是卡蒙斯②的忠实的奴隶。如果没有他和他求乞得到的许多铜板，他的主人——叙事诗《卢济塔尼亚人之歌》的作者——恐怕早就饿死了。

现在卡蒙斯的墓上立着一座贵重的纪念碑。

还有一幅图画！

铁栏杆后面站着一个人。他像死一样的惨白，长着一脸又长又乱的胡子。

"我发明了一件东西——一件许多世纪以来最伟大的发明，"他说。"但是人们却把我放在这里关了二十多年！"

"他是谁呢？"

"一个疯子！"疯人院的看守说。"这些疯子的怪想头才多呢！他相信人们可以用蒸汽推动东西！"

这人名叫萨洛蒙・得・高斯③，黎塞留④读不懂他的预言性的著作，因此他死在疯人院里。

现在哥伦布出现了。街上的野孩子常常跟在他后面讥笑他，因为他想发现一个新世界——而且他居然发现了。欢乐的

①菲尔多西（940—1020），叙事诗《王书》的作者。这部诗有六万行，是波斯国王请他写的，并且答应给他每行一块金币。但是诗完成后，国王的大臣却给他每行一块银币。他在盛怒之下写了一首诗讽刺国王的恶劣。这首诗现在就成了《王书》的序言。待国王追捕他时，他已经逃出了波斯国国境。

②卡蒙斯（1524-1580），葡萄牙最伟大的诗人之一。他的叙事诗《卢济塔尼亚人之歌》是葡萄牙最伟大的史诗之一。他生前曾多次被关进监狱。

③高斯(1576—1626)，是法国的科学家，他的著作有《动力与各种机器的关系》等。

④黎塞留(1585—1642)，法国政治家，曾有一个时期拥有国家最高的权力。

钟声迎接着他的胜利归来，但嫉妒的钟声敲得比这还要响亮。他，这个发现新大陆的人，这个把美洲黄金般珍贵的土地从海里捞起来的人，这个把一切贡献给他的国王的人，所得到的报酬是一条铁链。他希望把这条链子放在他的棺材上，让世人可以看到他的时代所给予他的评价①。

图画一幅接着一幅地出现。光荣的荆棘路真是没有尽头。

在黑暗中坐着一个人，他要量出月亮里山岳的高度。他探索恒星与行星之间的太空。他这个巨人懂得大自然的规律。他能感觉到地球在他的脚下转动。这人就是伽利略②。老迈的他，又聋又瞎，坐在那儿，在尖锐的苦痛中和人间的轻视中挣扎。他几乎没有气力提起他的一双脚：当人们不相信真理的时候，他在灵魂的极度痛苦中曾经在地上跺着这双脚，高呼道："但是地在转动呀！"

这儿有一个女子，她有一颗孩子的心，但是这颗心充满了热情和信念。她在一个战斗的部队前面高举着旗帜；她为他的祖国带来胜利和解放。空中响起了一片狂欢的声音，于是柴堆烧起来了：大家在烧死一个巫婆——贞德③。是的，在接下来的一个世纪中人们唾弃这朵纯洁的百合花，但智慧的鬼才伏尔泰却歌颂《拉·比塞尔》④。

在微堡的宫殿里，丹麦的贵族烧毁了国王的法律。火焰升起来，把这个立法者和他的时代都照亮了，同时也向那个黑暗的囚楼送进一点彩霞。他的头发斑白，腰也弯了；他坐在那儿，用手指在石桌上刻出许多线条。他曾经统治过三个王国。他是一个民众爱戴的国王；他是市民和农民的朋友：克利斯仙

---

①1500年8月24日西班牙政府派人到美洲去把哥伦布逮捕起来，用铁链子把他套着，送回西班牙。

②伽利略（1564—1642），是意大利著名天文学家、物理学家和哲学家。

③贞德（1412—1431），译冉·达克，又名拉·比塞尔，是法国的女英雄。她在1429年带领6000人打退英国的侵略者。后来她被人出卖给英国人，被当作巫婆烧死。

④伏尔泰（1694—1779），法国著名思想家、哲学家、文学家。《拉·比塞尔》是他写的一部关于贞德的史诗。

二世①。他是一个莽撞时代的一个有性格的莽撞人。敌人写下他的历史。我们一方面不忘记他的的血腥的罪过，一方面也要记住：他被囚禁了二十七年。

有一艘船从丹麦开出去了。船上有一个人倚着桅杆站着，向汶岛作最后的一瞥。他是杜却·布拉赫②。他把丹麦的名字提升到星球上去，但他所得到的报酬是讥笑和伤害。他跑到国外去。他说："处处都有天，我还要求什么别的东西呢？"他走了；我们这位最有声望的人在国外得到了尊荣和自由。

"啊，解脱！只愿我身体中不可忍受的痛苦能够得到解脱！"好几个世纪以来我们就听到这个声音。这是一张什么画片呢？这是格里芬菲尔德③——丹麦的普罗米修斯——被铁链锁在木克荷尔姆石岛上的一幅图画。

我们现在来到美洲，来到一条大河的旁边。有一大群人集拢来，据说有一艘船可以在坏天气中逆风行驶，因为它本身具有抗拒风雨的力量。那个相信能够做到这件事的人名叫罗伯特·富尔敦④。他的船开始航行，但是它忽然停下来了。观众大笑起来，并且还"嘘"起来——连他自己的父亲也跟大家一起"嘘"起来：

"自高自大！糊涂透顶！他现在得到了报应！应该把这个疯子关起来才对！"

一根小钉子摇断了——刚才机器不能动就是因为这个缘故。轮子转动起来了，轮翼在水中向前推进，船在航行！蒸汽机的杠杆把世界各国间的距离从钟头缩短成为分秒。

---

①丹麦的国王克利斯仙二世（1481—1559），联合农民和市民反对贵族的专权，但他终于被贵族推翻，被囚禁起来。他曾经连年对外进行过战争。

②杜却·布拉赫（1546—1601），丹麦著名天文学家。丹麦在汶岛的天文台就是他建立的。"杜却星球"则是他发现的。

③格里芬菲尔德(1635—1699)，丹麦政治家。他主张通过发展工商业来增加国家财富，但首要的条件是保持国际和平，特别是与丹麦的邻邦瑞典保持和平。1675年丹麦对瑞典宣战，1676年3月格里芬菲尔德被捕，被判处死刑，后改为终身囚禁。

④富尔敦(1765—1815)，美国发明家。他设计和建造了美国第一艘用蒸汽机推动的轮船。

人类啊，当灵魂懂得了它的使命以后，你能体会到在这清醒的片刻中所感到的幸福吗？在这片刻中，你在光荣的荆棘路上所得到的一切创伤——即使是你自己所造成的——也会痊愈，恢复健康、力量和愉快；嗓音变成谐声，人们可以在一个人身上看到上帝的仁慈，而这仁慈通过一个人普及到大众。

光荣的荆棘路看起来像环绕着地球的一条灿烂的光带。只有幸运的人才被送到这条带上行走，才被指定为建筑那座连接上帝与人间的桥梁的、没有薪水的总工程师。

历史拍着它强大的翅膀，飞过许多世纪，同时在光荣的荆棘路的这个黑暗背景上，映出许多明朗的图画，来鼓起我们的勇气，给予我们安慰，促进我们内心的平安。这条光荣的荆棘路，跟童话不同，并不在这个人世间走到一个辉煌和快乐的终点，但是它却超越时代，走向永恒。

 阅读思考

1.文中所讲的这一条"光荣的荆棘路"上，出现了哪些人物？
2.背诵本文最后三段。
3.你怎么理解"光荣的荆棘路"？想一想，未来的你有勇气踏上这条"光荣的荆棘路"吗？

文学聚焦：人物特写

《光荣的荆棘路》里，安徒生选择了多位人物，以片段式的描绘抓住这些人物闪亮的瞬间，向我们展现了人的力量，"人们可以在一个人身上看到上帝的仁慈，而这仁慈通过一个人普及到大众。"这样的人物特写并不着眼于某人一生的生平，而是更多地关注这个人在历史舞台上最震撼人心的那一刻，并撷取这样的片段，以淋漓充沛的激情书写，给人以力量，给人以启迪。

关于人物特写，斯蒂芬·茨威格的《人类群星闪耀时》是历久弥新的经典著作。

 ## 点子库

1.课本剧

将《光荣的荆棘路》改编为以人物贯穿始终的课本剧，利用讲述、表演、道具等形式，将这些人物闪亮的历史瞬间表现出来。

2.研究性学习

选择在《光荣的荆棘路》里出现的某一人物，继续研究了解其生平、经历、成就，理解安徒生为什么将他作为"光荣的荆棘路"上的代表人物。

永远的故乡

单元导读

　　什么是故乡？故乡是你出生时所在的一片土地，也是养育你的一片土地。远离故土，我们会思念；国土沦陷，我们会悲愤；故土水土流失、土地沙化，我们会心痛……

　　余秋雨曾经说过：故乡就是我们的祖先漂泊旅行的最后一站。不管是谁，他都会对故乡这片土地怀有深厚的感情。因此，余光中用了民歌的形式，在他的诗中唱出了对自己身后那片国土的深厚感情；艾青直言不讳地宣告："为什么我的眼里常含泪水？因为我对这土地爱得深沉……"

　　在诗人眼里，故乡不仅仅是"家乡"，不仅仅是一片土地，也是他们希望回归的精神家园。

我爱这土地

艾　青

假如我是一只鸟，
我也应该用嘶哑的喉咙歌唱：
这被暴风雨所打击着的土地，
这永远汹涌着我们的悲愤的河流，
这无止息地吹刮着的激怒的风，
和那来自林间的无比温柔的黎明……
——然后我死了，
连羽毛也腐烂在土地里面。

为什么我的眼里常含泪水？
因为我对这土地爱得深沉……

阅读思考

　　1.为什么作者要把"我"比作"一只鸟"？"鸟"与"土地"之间会有什么样的关系呢？

　　2.你怎样理解"连羽毛也腐烂在土地里面"这句话？

　　3.这首诗里多处运用了象征手法。象征手法简单地说，是将某些抽象的精神品质，赋予一些具体的事物，譬如月亮象征着思念，花朵象征着美好。象征的意义还往往与作品的写作背景相关，比如这首诗写作时，正值抗日战争时期，日本侵略军在中国到处疯狂肆虐，中国人民奋起抵抗。试着和你的同伴讨论一下，在这种背景下，诗中的"土地""河流""风"和"黎明"分别象征着什么？

民　歌

（中国台湾）余光中

传说北方有一首民歌
只有黄河的肺活量能歌唱
从青海到黄海
风也听见
沙也听见

如果黄河冻成了冰河
还有长江最最母性的鼻音
从高原到平原
鱼也听见
龙也听见

如果长江冻成了冰河
还有我，还有我的红海在呼啸
从早潮到晚潮
醒也听见
梦也听见

有一天我的血也结冰
还有你的血他的血在合唱
从A型到O型
哭也听见
笑也听见

阅读思考

1.把这首诗连续诵读五遍，看看你对这首诗的理解有没有变化？诵读时，你可以借助其他艺术形式的烘托，比如侯德健先生作词谱曲的《龙的传人》。

2.这首诗是如何做到空间的变化的？在空间变化的同时，有一种东西始终没变，是什么？

3.这首诗歌中，每一小节的前三句都是可以"看到"的图像，这些图像都是契合我们共同情感、对故土进行体认的图像；而最后两句却诉诸于"听"，这是要我们感受来自心灵深处的乡音(民歌)。诵读本诗，并体会"听"和"看"带给你的情感升华。

4.阅读余光中的诗歌《乡愁》，比较一下，这两首诗在情绪的表达上有什么区别。

 # 农 村①

〔威尔士〕伦奈特·斯图亚特·托马斯 著　王佐良 译

谈不上街道，房子太少了，
只有一条小道
从唯一的酒店到唯一的铺子，
再不前进，消失在山顶，
山也不高，侵蚀着它的
是多年积累的绿色波涛，
草不断生长，越来越接近
这过去时间的最后据点。

很少发生什么；一条黑狗
在阳光里咬跳蚤就算是
历史大事。倒是有姑娘
挨门走过，她那速度
超过这平淡日子两重尺寸。

那么停住吧，村子，因为围绕着你
慢慢转动着一整个世界，
辽阔而富于意义，不亚于伟大的
柏拉图②孤寂心灵的任何构想。

---

①选自《英国诗选》，王佐良主编，上海译文出版社，1988年版。
②柏拉图(约公元前427—公元前347)，古希腊伟大的哲学家、思想家。

阅读思考

1.这首诗中所描写的农村，与你心目中的农村有什么区别？

2.为什么"一条黑狗／在阳光里咬跳蚤就算是／历史大事"？为什么那位姑娘的路过，会让人觉得新鲜？

3.伦奈特一生都在威尔士农村度过，接触最多的是乡下那些孤独的农民，他最好的诗也是写他们的。但他却常常能让读者"小中见大"，体会出比农村生活更多的东西。你在读这首诗时，感到什么地方可以"小中见大"？

文学聚焦：乡土诗歌与民歌体

乡土诗歌，一般来说，是指具有乡村泥土气息、表现乡村人民生活和精神的诗歌；除此之外，表达对故园思念的怀乡诗也可称之为乡土诗歌。

乡土诗歌的语言，常常是朴素简单的，甚至采用口语化语言。但这并不意味着它就没有力量。事实上，不少诗人在写作乡土诗歌时，往往采用"民歌体"，也就是流传于民间的、旋律优美句式整齐的口语体。这使得乡土诗歌自然、亲切，并为更多的人所传诵。

想想看，本单元中的诗歌，具有以上哪些特点？

 ## 点子库：诗歌朗诵会

✎| 构思

余光中的《民歌》，曾经在台湾的广场上，为万人所咏唱。我们不妨在班上也举行一次诗歌朗诵会，看看谁的朗诵最能打动人心。以下一些材料可以帮助你更好地进行诗歌朗诵：

"无论我的诗是写于海岛或是半岛或是新大陆，其中必有一主题托根在那片后土，必有一基调与滚滚的长江同一节奏，这汹涌澎湃，从厦门的少作到高雄的晚作，从未断绝。"

——余光中（《先我而飞——诗歌选集自序》）

"在反复中有递进，从最初的风和沙也听得见，到后来的鱼和龙也听得见，再到后来的醒着和梦着也听得见，到最后的哭着笑着也听得见……情绪的层次不断提升，但不管如何提升，它仍然集中在听觉上。"

——孙绍振（《余光中的四首乡愁解读》）

1.朗诵是一种再创作，是朗诵者用自己的声音，传达出比原诗本身更多的精神内涵；

2.诗歌朗诵前，朗诵者必须对诗歌进行深刻的理解；

3.朗诵时，要根据诗歌的内容，调整音调、语速以及肢体语言。

荒岛生活

单元导读

　　荒岛生活会是怎样的一种生活？有人以为荒岛生活令人恐惧，要忍饥挨饿，有时还要遭受野兽毒蛇的袭击，而最可怕的是那种无边无际的孤独。那么，鲁滨孙身处孤岛是如何生活的呢？卡拉娜又是怎样独自一人在海豚岛生存下去的呢？

　　也有人以为荒岛生活无比美好。有新鲜的野果，清澈的泉水，最主要的是还有无边的自由。乔、哈克和汤姆就组成了海盗帮，偷偷扬帆远航，来到了一个小岛上，开始了他们的海盗生活。他们又生活得如何呢？

　　让我们跟随着他们的足迹一起来体验一下荒岛生活吧。

制作面包①

〔英国〕丹尼尔·笛福 著　徐霞村 译

　　这对于我是一个很大的鼓励，我已经预见到，早晚有一天，我会有面包吃。不过在这里我又为难了，因为我既不知道怎样把我的粮食舂成粉子，又不知道怎样把它扬干净，簸去秕糠；即使能够把它舂成粉子，也不知道怎样把它做成面包；即使会把它做成面包，也不知道怎样去烤它。除了这些困难之外，我又想把粮食多积存一点，保证供应不断，于是我决定不去尝这次收成，全部保留下来，做下一季的种子，同时决定用我的全部知识和时间去完成这生产粮食和面包的巨大工作。

　　我现在真可以说是为面包而工作了。我相信很少人曾经想到过，面包这样小小的东西，要把它生产、晒、筛、烤制出来，需要多少奇奇怪怪的必要的繁琐手续。对于我来说，因为现在已经到了一身之外别无长物的境地，这件事简直成了我每天的心病；自从我无意中得到那一把粮种之后，我就愈来愈为这件事发愁。

　　第一，我没有犁来翻地，没有锄头或铲子来掘地。前面已经说过，我做了一把木头铲子，初步克服了这个困难。可是这把铲子使用起来很不得力；虽然我花了不少日子才把它做出来，但因为没有铁活，不仅坏得快，而且使我的工作更加困难，使工作效率更加恶劣。尽管这样，我还是将就着使它，耐着性子把它用下去，即使成绩不好，也将就了。可是播完种以后，我又没有耙，只好用一根很重的树枝在庄稼上拖来拖去，

---

①选自《鲁滨孙漂流记》，人民文学出版社，1978年版。

与其说在耙地，不如说在蹭地。

在庄稼正滋长和长成的时候，前面已经说过，我要做的事可多了，又要给它打篱笆，保护它，又要把它割下来，晒干，往家里运，又要去壳，簸秕糠，把它收藏起来。这时我又缺少一只磨来磨它，缺少一只筛子来筛它，缺少酵粉和盐来把它制成面包，缺少一个炉子来烘它。所有这些我通通都没有；可是，只要有粮食，对于我就是莫大的安慰和便利。自然，这一切使我样样事情做起来很吃力，很厌烦，可是没办法。同时，我也没太浪费时间，因为我已经把时间分配得很好，每天安排出一定时间来做这些事。我既然下定决心，要等到有更多的粮食的时候再做面包，我就有六个月的时间运用我的全部精力和心血去制造加工粮食各项工序所需要的各种器皿，等我粮食多起来时，供我使用。

第一步，我必须多准备一点土地，因为我现在有足够的种子，可以种到一英亩以上。在做这件事以前，我至少先做一个星期的工，为自己做了一把铲子。做出来一瞧，样子非常拙劣，而且非常笨重，拿它工作，需要双倍的劳力。可是，不管怎么样，我总算过了这一关，并且把种子播在我在住所附近找到的两大片平地上，还用一道很好的篱笆把它们围起来，篱笆的木桩都是从我以前栽过的那种树上砍下来的，我知道它们会长起来，并且在一年之内成为一个生气勃勃的篱笆，用不着花多少工夫去修理。这个工作花了我三个多月的时间，因为大部分是雨季，我不能出门。

在室内，也就是说，在下雨不能出门的时候，我也找些事情做，一面做着，一面同我的鹦鹉闲扯，教它说话，作为消遣。我很快地把它教得会说自己的名字，后来它居然会很响亮地叫出"波儿"；这是我来到岛上以后从别人嘴里听到的第一句话。这当然不是我的工作，仅仅是工作中的一个助力；因为，正像前面所说的，我现在正在着手一件很重要的工作。我老早就想采用某种方法做出一些陶器；我急需这一类的东西，但不知道怎样才做得成功。这里的气候既然是这样热，我一点也不怀疑，假如我能找到陶土，我一定能做出一些钵子罐子，把它们放在太阳里晒干，晒到相当坚硬而结实的程度，能够经得起使用，能够装一些需要保存的干东西。这对于我当前正在进行的制造粮食和面粉的工作是必要的，因此我决定把它们尽力做大一些，摆在地上，像瓮一样，可以在里面放东西。

说起来真是又可怜又可笑，我也不知道用了多少笨拙的办法去调和陶泥；做出了多少奇形怪状的丑陋的家伙；有多少因为陶土太软，吃不住本身的重量而陷了进去，凸了出来；有多少因为晒得太早了，太阳的热力太猛而爆裂了；有多少在晒干前后一挪动就碎了。总之我经常费了很大的劲去找陶土，把它挖起来，调和好，弄到家里来，把它做成泥瓮，结果费了差不多两个月的劳力，才做出两只非常难看的大瓦器，简直没法把它们叫做缸。

尽管这样，等太阳已经把这两件东西焙得非常干燥，非常坚硬的时候，我就把它们轻轻搬起来，放在两个预先做好的大柳条筐里，防备它们破裂。在缸和筐子之间还有一点空隙，我又用一些稻草和麦秆把它塞起来。现在它们既然不会受到潮气，我想很可以用来装我的粮食或是粮食磨出来的面粉了。我做大罐子的计划虽然失败了，可是我所做出的小型器皿却比较成功，像什么小圆罐哪，盘子哪，水罐哪，小瓦锅哪，以及其他随手做出来的东西，而且太阳的热度把它们都晒得非常坚实。

但是这一切并没有达到我的目的，因为我的目的是要做一个可以装流质、经得起火的泥锅，而这些东西却没有一件符合这个要求。过了些时间，我偶然生起一大堆火煮东西，在我煮完东西、把火灭掉的时候，忽然在火里看到一块泥制器皿的破片，被火烧得同石头一样硬，同砖一样红了。我看到这种情形，非常惊喜，便对自己说，破的既能烧，整的当然也能烧了。

于是我开始研究怎样支配我的火力，替我烧几只罐子。我不知道怎样去搭一个窑，像那些陶器工人烧陶器用的那种

窑；我也不知道怎样用铅去涂釉，虽然我还有一点铅可以利用。我只把三只大泥锅和两三只泥罐一个搭一个地堆起来，四面架上木柴，木柴底下放上一大堆炭火，然后从四面和顶上点起火来，一直烧到里面的罐子红透为止，而且当心不让它们炸裂。我看见它们已经红透之后，又继续让它们保留五六小时的热度，到了后来，我看见其中有一只，虽然没有裂，已经熔化了，因为我掺在陶土里的沙土已经被过大的热力烧熔了，假如再烧下去，就要成为玻璃了。于是我慢慢灭去火力，让那些罐子的红色逐渐退下去，而且整夜地守着它，不让火力退得太快。到了第二天早晨，我便烧出了三只很好的瓦锅和两只瓦罐，虽然不能说美观，却烧得再硬也没有了，而且其中的一只由于沙土烧化了，有一层很好的釉。

经过这次试验成功之后，不用说，我不缺什么陶器用了。但是我必须说，讲到它们的形状，却很不像样，这是任何人都想得到的，因为我实在没有别的办法，只有像小孩们做泥饼，或是像一个不会和面粉的女人做馅饼那样去做。

当我发现我已经制成了一只能耐火的罐子的时候，我对于这件微不足道的事情所感到的快乐，真是无可比拟。我来不及等它们完全冷透，便把其中的一只放到火上，倒进一点水去，煮了一点肉；结果成绩非常好。我用一块小山羊肉，煮了一碗很好的肉汤，虽然我缺少燕麦粉和一些别的配料，把它做得合于我的理想。

我所关心的第二件事，是要弄一个石臼来舂我的粮食；因为，我明明知道，仅凭一双手，是无法做出一个合乎规格的磨石来的。至于如何满足这种需要，我简直茫无头绪，因为在三百六十行中，我对石匠手艺比对别的手艺更外行。再说，我也没有工具来进行工作。我费了好几天的工夫，想找一块大石头，把它中间挖空，做一个石臼。可是，除了那些没有办法挖凿的大块岩石之外，再也找不到别的石料。而且这岛上的岩石也不够坚硬，都是一碰就碎的沙石，既经不住重杵的重量，也捣不碎粮食，除非掺些沙子进去。因此，当我花了很多时间还找不到一块石料的时候，我就放弃了这条路，决定去找一大块硬木头。这办法果然容易得多。我弄了一大块木头(大得我勉强搬得动)，先用大小斧头把它砍得圆圆的，砍得初具外形，然后靠火力和无限的劳力，在它上面做了一个槽，好像巴西的印第安人做独木舟那样。做好之后，我又用铁树做了一只又大又重的杵。我把这些东西做好之后，把它们放在一边，准备等下次收到粮食时，把粮食碾捣成面粉，来做面包。

我的第二步困难，就是要做一个筛子来筛面粉，把它和糠皮分开；没有这样东西，我就不可能做面包。不用说，这是一件最困难的事情；因为我实在没有做筛子的必要原料，也就是说，没有那种又薄又细的网眼布之类的东西可以使面粉漏过去。这使我停工了好几个月，不知道如何是好。除了一些破烂的布片以外，我没有一块亚麻布。山羊毛我是有的，却不知道怎样用它去纺织；纵然知道，这里也没有工具。唯一的补救办法就是后来忽然想起，在我从船上弄下来的那些水手的衣服里面，有几条棉布或羽毛纱制成的围巾。我拿出几块来，做了三面很小的筛子，总算勉强能用，就这样敷衍了好几年。至于后来怎么办，我下面再行说明。

其次要考虑的，是烘的问题，以及当我有了粮食之后，怎样制作面包的问题。因为，第一，我没有酵粉；这一方面是绝对没有办法的，因此我也不大去管它。可是炉子的问题，却使我大费周章。后来，我居然想出了一个试验办法，那就是这样：先做一些宽而不深的陶器，直径约有两英尺，深不过九英寸。我把它们像别的陶器那样，放在火里烧过，放在一边。到了烘面包的时候，我先在我的炉子里生起火来；这炉子是我用方砖砌成的，这些方砖也是我自己烧制的，可是不怎么方整。

当木柴已经烧成火种或炽炭时，我把它拿来放在炉子上面，把炉子盖满，让它把炉子烧得非常热；然后把所有的火种通通扫去，把我的面包放在里面，用瓦盆把它们扣住，再把瓦盆外面盖满火种，一方面为了保持热度，一方面为了增加热度。这样，我把我的大麦面包烘得非常好，不亚于世界上最好

的炉子烘出来的，而且不久之后，我居然把自己训练成一位很好的面包师，因为我还用大米试制了一些糕点。不过我没有做馅饼，因为除了飞禽和山羊的肉外，我没有别的东西可以放进去。

阅读思考

1.读完这个故事，你怎么看待鲁滨孙这个人？如果你像鲁滨孙一样来到了一个荒岛上，你最想完成的一件事是什么？

2.鲁滨孙是怎样制作面包的？他克服了哪些困难？请分步骤清楚细致地列出来。

3.除了制作面包，鲁滨孙还干了什么？这些工作让鲁滨孙的生活发生了哪些改变？

生存之道①

〔美国〕斯·奥台尔 著　傅定邦 译

多年以前，有两条鲸鱼被冲上沙坑。大部分骨头已拿去做了装饰品，只剩下肋骨还在那里，半掩半埋在沙里。

我用这些肋骨筑成了篱笆。我把它们一根根挖出来，搬到高地上去。这些肋骨又长又弯，我挖了一些洞，把它们竖在地里，竖起来的肋骨比我还高。

我把这些肋骨差不多一根挨一根竖在那里，向外弯曲。这样一来什么东西也爬不上去了。肋骨之间我缠了许多海草绳，海草绳一干就收缩起来，因此拉得很紧。我本来想用海豹筋条来绑肋骨，这东西比海草结实，可野兽喜欢吃，要不了多少时候，篱笆就会被啃掉。筑篱笆费了我很多工夫，要不是岩石当成篱笆的一部分与篱笆的一头相连，费的时间可能还会更多。

我在篱笆下面挖了个洞作为出入口，洞的大小深浅刚够一人爬进爬出。洞的底部和两边我都砌上了一块块石头。洞口外边我用一些杂草编成的草席盖起来遮雨，洞口里边用一块能搬动的石板盖住。

我筑的篱笆有八步宽，足够储存我捡来的东西，以防野兽偷走。

我筑篱笆首先是因为天气太冷不能睡在岩石上，而且在我保险不被野狗偷袭以前，我也不愿意睡在我搭的棚子里面。

造房子的时间比建篱笆的时间更长，因为一连下了许多天雨，也因为我需要的木料很难找到。

①选自《蓝色海豚岛》，新蕾出版社，2009年1月版。

我们的人当中有一个传说，说过去这个岛上一度大树遍地。那是很久以前的事了，是在图麦约威特和穆卡特主宰世界之初。这两位神经常为了很多事情互相争吵。图麦约威特希望人们死，穆卡特则希望人们生。图麦约威特一气之下就到这个世界下面的另一个世界去了，而且带走了他的全部东西，他以为这样一来人就会死去。

那个时候到处都是高高的树，现在峡谷里只有几棵树，而且这些树又矮又小，枝干都不直，很难找到一根适合做桩子的木头。我早出晚归搜寻了许多天，才找到了足够的木料。

我把岩石作为房子的后墙，让房子的前面敞开，因为那个方向风吹不着。我用火和石刀把这些木桩弄得一样长短。这给我带来很多困难，因为我以前从来没有摆弄过那样的工具。我每一边都用四根木桩，并把这四根木桩打在泥土里。房顶用了双倍的木头。我用海豹筋条把木桩绑住，又在房顶上面盖上雌海草，雌海草的叶子比较宽。

房子还没有造完，冬天已经过去了一半。我天天晚上都睡在那里，心里很踏实，因为篱笆很结实。我做饭的时候狐狸来了，在外面从篱笆缝里张望。野狗也来了，因为进不来，又是啃鲸鱼肋骨，又是大声号叫。

我射死了两条狗，却没有射死那条领头的狗。

在我筑篱笆和造房子的时候，我尽吃海贝和鲈鱼，都是在一块石板上烤熟的。后来我做了两件做饭的用具。海边有一些被海水冲得很光滑的石头，这些石头多半是圆的，我找到两块中间有凹陷的石头，用沙子摩擦，把凹陷的地方开宽加深。用这两块石头烧鱼就可以把鱼汁保留下来，鱼汁很好吃，过去都浪费了。

为了煮熟野谷子和野菜，我用芦苇编了一只细密的篮子，这比较容易，因为我向乌拉帕姐姐学过编篮子。篮子晒干以后，我在海边捡几块沥青，放到火上烤软，把它抹在篮子里面，这样篮子就不漏水了。只要把一些小石头烧热，丢在放上水和野谷子的篮子里，我就能做出粥来。

我在房子里做了一个生火的地方，就是在地上挖一个坑，砌上石板石。在卡拉斯一阿特村我们每天晚上重新生火，现在我生了火不让它熄灭，睡觉的时候，用灰把火盖上，第二天晚上扒开灰，把火吹旺，这样做很省事。

岛上有很多灰鼠，现在我总有一些剩菜剩饭，需要放在一个保险的地方。我房子的后墙是岩石，岩石上有几条裂缝，正好跟我肩膀一般高。我把裂缝掏空、磨平，做成几层架子，食物放在上面，老鼠就够不着了。

这时冬天已经过去，小山上小草开始发青，我的房子非常舒服，我再也不用怕风吹雨淋。不用怕四处觅食的野兽。我喜欢吃什么就煮什么，我需要的一切东西随时都有。

现在该是划算划算摆脱野狗的时候了，这些野狗咬死了我的弟弟，万一它们碰上我没带武器，也会把我咬死。我还需要一支分量比较重的镖枪，也需要一张大一些的弓和一些更锋利的箭。为了搜集制造武器的材料，我搜遍了整个岛屿，花了许多天工夫。这样一来，只能利用晚上制作武器。在煮饭的火堆旁边，火光过于暗淡看不清楚，我把一种我们叫做舍舍的小鱼晒干了点灯。

舍舍是一种银色的鱼，比手指头大不了多少。晚上月光皎洁的时候，这些小鱼就成群结队游上海面，密密麻麻的一大片，你几乎可以踩在上面走路。它们随着海潮游来，潮水一退在沙子上来回扭动，好像在跳舞似的。

我捉了好几篮子舍舍鱼，放在太阳下晒干了，然后把它们的尾巴穿起来挂在房顶的木头上，气味很不好闻，不过烧起来却很明亮。

我先做弓箭，做好以后一试，我高兴极了，新做的弓箭比旧的弓箭射得更远更准。

我把镖枪留到最后去做。我把镖枪的长杆磨光削平，在镖枪头上装上一个石环，既增加了镖枪的分量，又把镖枪尖固定住了。我一边干一边琢磨我能否像部落的男人那样，用海象牙来做镖枪尖。

　　我想了好几个晚上，考虑我怎样去杀死一头大野兽。我不能使用海草网，因为那需要几个男人齐心协力才行。我也记不得有谁用弓箭或镖枪杀死过雄海象。只记得他们是用网网住雄海象，然后用棍棒把它打死的。为了取油，我们曾经用镖枪杀过许多海象，可是它们牙齿不够大。

　　究竟怎么办，我也不知道。但我越想，决心越大，我一定要试一试。岛上再也找不到比雄海象的长牙更适合做镖枪尖的东西了。

阅读思考

　　1.你对这样的荒岛生活感兴趣吗？说说你的理由。

　　2.卡拉娜是怎样建造房子的？请你尝试着为她的房子画一个简单的示意图。

　　3.卡拉娜是怎样烧鱼、熬粥、点灯和制作武器的？由此，你发现一个人在荒岛上生活最需要的是什么？

快乐的海盗生活①

〔美国〕马克·吐温 著　俞东明 陈海庆 译

　　早上一醒来，汤姆竟不知道自己在什么地方。他坐起身来，用手揉了揉眼睛，又向四周望了望，才明白过来。这是个凉爽的时刻，东方刚刚露出鱼肚白，树林中弥漫着沉寂和肃静，使人有一种宁静祥和的感觉。树叶一动不动，四周没有声音来打破大自然的沉思。露珠儿依然点缀在树叶和青草上。篝火上覆盖着一层白白的灰烬，一缕青烟垂直地飘向天空。乔和哈克还在熟睡中。

　　远处的树林里一只鸟叫了起来，另一只鸟又应和着，不久又传来了啄木鸟咚咚的啄木声。凉爽灰白的晨曦渐渐地开始变亮了，各种声音也开始喧闹了起来，树林里充满了勃勃生机。大自然从沉睡中醒来了，它把这一壮观的情景展现在这个如醉如痴的孩子面前。有一条绿色的小虫爬过一片带露水的叶子，不时地把一多半的身体悬挂在空中，伸着头到处嗅着，然后又继续爬。它的样子正如汤姆所说，是上帝正在搞测量。小虫一步一步地向他爬来，他坐在那里一动不动。小虫一会儿往这儿爬，一会儿又往那儿爬，把他的兴致也搞得一会儿低一会儿高的。小青虫在空中蜷缩着身子冥思苦想了一阵子，最后决定要爬到汤姆的腿上去，于是开始在他身上周游起来。汤姆为此乐开了怀，因为这样就意味着他将得到一套新衣服，毫无疑问，是一套华丽多彩的海盗制服。接着一大队蚂蚁不知从哪里爬了过来，开始了劳动。其中一只蚂蚁用力拽着一只比自己

---

①选自《汤姆·索亚历险记》，浙江少年儿童出版社，2006年1月版。

135

大四倍的蜘蛛往树干上拖。一只带棕色花点的母甲虫爬到了一棵草的茎梢上，汤姆低头凑近它说："母甲虫，母甲虫，快飞回家吧，你家里着火了，你的孩子没人看。"它张开翅膀立刻飞走了，要回家看看情况，这并不使孩子感到奇怪，因为他早就知道这种昆虫对大火非常敏感，他已经不止一次地拿它那简单的头脑开玩笑了。接着爬过来一只屎壳郎，它用力滚动着一个粪球。汤姆动了动这家伙，它随即缩紧肢爪装起死来。这时候树林里百鸟齐鸣，一片喧闹。一只猫鹊落在汤姆附近的一棵树上，这是北美一种专爱学舌、学猫叫的鸟，它模仿着周围兴高采烈的叫声。随后一只鸟尖叫着扑了下来，像一团蓝色的火焰，落在了汤姆几乎伸手就能够得着的树枝上。它歪着头，很好奇地打量着这几位不速之客；一只灰松鼠和一只大个头的狐狸般的动物匆忙跑过，不时停下立起身来观察着这几个孩子，冲着他们叫上几声。也许这些野生动物从来没见过人，连什么是害怕都不知道。现在大自然的一切都复苏了，一片生机盎然。一道道金色的阳光从繁密的树叶缝隙中穿过，远远近近，纵横交错，洒向大地：几只蝴蝶在翩翩起舞，把周围的自然景色衬托得更加绚丽多彩。

汤姆叫醒了另外两个强盗，他们三人呼喊着又跑又跳地散开了。一两分钟之后，他们都脱光了衣服，在白色沙滩上那清澈透明的浅水里追逐嬉戏、翻滚打闹。他们对远离这茫茫无际的水面的那个沉睡的小镇毫不留恋。有一股急流或者是河水稍微上涨带来的一股水流，把他们的木筏冲走了，这反而使他们感到高兴，因为木筏的消失就如同烧掉了连接他们与文明社会的桥梁，他们不得不破釜沉舟、背水一战了。

他们容光焕发地回到营地，心里特别痛快，肚子也饿得咕咕直叫，于是他们很快就弄旺了篝火。哈克在附近发现了一汪清凉的泉水，于是孩子们用大橡树叶和胡桃树叶卷成杯子盛水。他们觉得这泉水清香甘甜，带着一股浓郁的大森林风味，用它代替咖啡是再好不过了。乔正要切咸肉做早餐，汤姆和哈克让他稍等一会儿。他俩跑到河岸边一个很像有鱼的水湾旁，

甩开鱼钩钓了起来，不多时，鱼纷纷上钩了。在乔还没有等得不耐烦的时候，他们就满载而归，有几条好看的鲈鱼、一对翻车鱼和一条小鲶鱼——这些鱼足够一大家人美餐一顿的。他们把鱼和咸肉放在一起煎着吃，他们都感到很吃惊，觉得鱼从来没有这样好吃过。他们不知道，淡水鱼在捕到之后越是新鲜，味道就越美；他们也没想到露天睡觉、户外锻炼、洗澡和肚子饿得咕咕叫会给他们的生活带来这么丰富多彩的感受。

早饭后，他们来到树荫里躺下。哈克抽完一袋烟后，他们一起穿过树林去探险。他们迈着欢快的步伐，跨过朽木，穿过纵横交错的灌木丛，走过有森林之王美誉的大树群。这些大树顶上缠绕着一圈圈野葡萄藤，藤上的葡萄像王冠上的珠宝垂向地面。他们不断发现一处处恬静清幽的地方，那里都青草葱茏，百花争妍。

他们发现许多让人高兴的事，却没有什么令人惊讶的事。据他们估计，这个岛大约三英里长，四分之一英里宽，它与最近的对岸只有一条不到200码宽的狭窄水道相隔。他们大约每一小时就去游一次泳，等回到营地时已经是下午了。他们饿得要命，也顾不上去钓鱼了，但是他们觉得冷火腿吃起来也是很香的，吃完后便躺在树荫下聊起天来。谁知聊了一会儿就觉得有些乏味，最后就干脆不聊了。森林中肃静的气氛以及孤独感开始慢慢地影响到了孩子们的情绪，他们陷入了沉思。一种模糊不清的渴望渐渐地吞噬着他们的心灵。很快这种感觉渐渐清晰起来——原来他们萌发了想家的念头，甚至连哈克·芬这位血手大盗都在怀念他以前睡过的石级和木桶。然而他们都为自己薄弱的意志而感到羞耻，谁也不敢说出自己的想法。

阅读思考

1.你喜欢这个小岛吗？说说你的理由。

2.东方刚露鱼肚白时、日出时分、早饭后，汤姆他们所见到的树林景象分别是怎样的？摘抄你喜欢的句子，体会作者细腻的描写手法。

3.你觉得汤姆他们三个人的海盗生活快乐吗？在文中找出相关证据来支持你的观点。

文学聚焦：儿童小说中的"冲突"

　　这几个故事中的人物都置身于荒岛野外，他们与外部环境之间发生了冲突。主人公为解决这些冲突而进行的斗争或努力，就确定了小说情节发展的方向。

 ## 点子库：荒岛生存

　　1.如果让你参加"荒岛生存"训练营，在上岛前允许你挑选四种生活必需品，你会选什么？你为什么选它们？

　　2.假如你像卡拉娜一样被弃荒岛，请你想象一下你会遇到的种种困难。面对这些困难，你会怎么想？你又将怎样做？请你设计一张表格，列出你将遇到的困难、你的想法以及做法。

土地和河流

单元导读

"我们确知一事：大地并不属于人，人，属于大地，万物相互效力。也许，你我都是兄弟。"这样铿锵有力的话语，来自160多年前的一位印第安部落的酋长。直到今天，他所作的这一番宣言，依然动人心弦——是的，在大自然面前，人类始终如此渺小，我们要做的唯一的一件事，便是谦卑。

西雅图宣言

西雅图酋长

这篇动人心弦的演说，是1851年印第安索瓜米西族酋长西雅图所发表的，地点在美国华盛顿州的布格海湾。当时，美国政府要求签约以15万美元买下印第安人的200万英亩土地。演说充满了对自然大地的款款浓情和对破坏生态环境的行为的强烈不满。

你怎能把天空、大地的温馨买下？我们不懂。

若空气失去了新鲜，流水失去了晶莹，你还能把它买下？

我们红人，视大地每一方土地为圣洁。在我们的记忆里，在我们的生命里，每一根晶亮的松板，每一片沙滩，每一撮幽林里的气息，每一种引人自省、鸣叫的昆虫都是神圣的。树液的芳香在林中穿越，也渗透了红人自亘古以来的记忆。

白人死后漫游星际之时，早忘了生他的大地。红人死后永不忘我们美丽的出生地。因为，大地是我们的母亲，母子连心，互为一体。绿意芬芳的花朵是我们的姊妹，鹿、马、大鹰都是我们的兄弟，山岩峭壁、草原上的露水、人身上、马身上所散发出的体热，都是一家子亲人。

华盛顿京城的大统领传话来说，要买我们的地。他要的不只是地。大统领说，会留下一块保护地，留给我们过安逸的日子。这么一来，大统领成了我们的父亲，我们成了他的子女。

我们会考虑你的条件，但这买卖不那么容易，因为，这地

是圣洁的。

溪中、河里的晶晶流水不仅是水，是我们世代祖先的血。若卖地给你，务请牢记，这地是圣洁的，务请教导你的子子孙孙，这地是圣洁的。湖中清水里的每一种映象，都代表一种灵意，映出无数的古迹，各式的仪式，以及我们的生活方式。流水的声音不大，但它说的话，是我们祖先的声音。

河流是我们的兄弟，它解我们的渴，运送我们的独木舟，喂养我们的子女。若卖地给你，务请记得，务请教导你的子女，河流是我们的兄弟，你对它，要付出爱，要周到，像爱你自己的兄弟一样。

白人不能体会我们的想法，这点，我知道。

在白人眼里，哪一块地都一样，可以趁夜打劫，各取所需，拿了就走。对白人来说，大地不是他的兄弟，大地是他的仇敌，他要一一征服。

白人可以把父亲的墓地弃之不顾。父亲的安息之地，儿女的出生之地，他可以不放在心上。在他看来，天、大地、母亲、兄弟都可以随意买下、掠夺，或像羊群或串珠一样卖出。他贪得无厌，大口大口吞食土地之后，任由大地成为片片荒漠。

我不懂。

你我的生活方式完全不同。红人的眼睛只要一看见你们的城市就觉疼痛。白人的城里没有安静，没地方可以听到春天里树叶摊开的声音，听不见昆虫振翅作乐的声音。城市的噪音羞辱我们的双耳。晚间，听不到池塘边青蛙在争论，听不见夜鸟的哀鸣。这种生活，算是活着？

我是红人，我不懂。

清风的声音轻轻扫过地面，清风的芳香，是经午后暴雨洗涤或浸过松香的，这才是红人所愿听愿闻的。

红人珍爱大气：人、兽、树木都有权分享空气，靠它呼吸。白人，似从不注意人要靠空气才能存活，像坐死多日的人，已不能辨别恶臭。若卖地给你，务请牢记，我们珍爱大气，空气养着所有的生命，它的灵力，人人有份。

风，迎着我祖父出生时的第一口气，也送走它最后一声的叹息。若卖地给你，务请将它划为圣地，使白人也能随着风尝到牧草地上加强的花香。

务请教导你的子女，让他们知道，脚下的土地，埋着我们祖先的骨骸；教你子弟尊崇大地，告诉他们，大地因我们亲族的生命而得滋润；告诉他们，红人怎样教导子女，大地是我们的母亲，大地的命运，就是人类的命运，人若唾弃大地，就是唾弃自己。

我们确知一事，大地并不属于人；人，属于大地，万物相互效力。也许，你我都是兄弟。等着看，也许，有一天白人会发现：他们所信的上帝，与我们所信的神，是同一位神。

或许，你以为可以拥有上帝，像你买一块地一样。其实你办不到，上帝，是全人类的神，上帝对人类怜恤平等，不分红、白。上帝视大地为至宝，伤害大地就是亵渎大地的创造者。白人终将随风消失，说不定比其他种族失落得更快，若污秽了你的床铺，你必然会在自己的污秽中窒息。

肉身因岁月死亡，要靠着上帝给你的力量才能在世上灿烂发光，是上帝引领你活在大地上，是上帝莫明的旨意容你操纵红人。

为什么会有这种难解的命运呢？我们不懂。

我们不懂，为什么野牛都被戮杀，野马成了驯马，森林里布满了人群的异味，优美的山景，全被电线破坏、玷污。

丛林在哪里？没了！

大老鹰在哪里？不见了！

生命已到了尽头，

是偷生的开始。

 阅读思考

  1.大声朗读这篇宣言。

  2.了解这篇宣言背后的历史事件与时代背景，理解西雅图酋长为什么要作这样的宣言。

  3.西雅图酋长宣言中的核心思想有哪些？请概括说明。

我出生在一千年以前①

〔加拿大〕丹·乔治

这是加拿大不列颠哥伦比亚省一位卡皮拉诺印第安人的公开信。"我"从洪荒而来。踏入现代文明社会。"文明社会是在一个'恶性循环'中运动的",文明给人类带来了福祉,但并没有从根本上改变人类的境遇。文明帮助人类作别野蛮,却又直接导演了无数新的野蛮:贫富差距加大,生态破坏严重,战争暴乱频仍,种族歧视依旧,民族冲突不断,精神家园失落……现代文明遗留给我们许多值得深思的问题。

亲爱的朋友们:

我出生在一千年以前,生长在弓与箭的文化环境之中。但在半年的时间里,我却跨过几个世纪,被抛入原子弹文化时代。

我出生时人们热爱大自然,与大自然交谈,仿佛它也有灵魂。我记得,幼时曾随父亲沿印第安河而上,对着那座大山唱起感恩之歌,他用印第安人的语言轻轻地唱着"感谢"。

后来外面的人来了,而且越来越多,他们像潮水般涌来,时间也快速流逝。突然间,我发现自己已是20世纪的青年。

我感到,我自己和我的人民在这个新时代里生活飘忽不定,并不能成为其中的一部分;虽然已被时代的巨浪所吞没,但仅仅是一个被困住的漩涡,一圈一圈不停地旋转。我们生活在小小的保留地和小块的土地上,仿佛漂浮在某种令人忧郁的

---

①选自联合国教科文组织《信使(中文版)》杂志,1986年7-8期。

虚幻之中，为我们的文化遭到你们的奚落而感到羞愧。我们搞不清自己是什么人，要到哪里去，也不知我们是否能抓住眼前，对前途也失去了希望。

我们没有时间去适应在我们周围发生的这场令人目瞪口呆的大变动，我们好像失去了一切，而又无以替代。

你们知道无所依托是什么滋味吗？你们知道生活在丑恶的环境中是什么滋味吗？它使人感到压抑，因为人必须生活在美的事物中，灵魂才能成长。

你们知道自己的民族遭人轻视、并且还要明白自己实际上已成为国家的负担是什么滋味吗？也许，我们没有技术，无法做出较大的贡献，但又有谁等待我们赶上去呢。我们被撇在一边，因为我们太笨，永远也学不会。

对自己的民族失去自豪感会怎样呢？对自己的家庭失去自豪感，对自己失去自豪感和自信心又会怎样呢？

现在你们伸出了手，示意我走过去。你们说："来吧，加入到我们的行列中来。"但是，我怎么能来呢？我衣不遮体，羞愧万分；我怎能保持尊严而来呢？我既无赠品，又无礼物。我们的文化中有哪些东西你们瞧得起？我们那可怜的珍宝你们只会嗤之以鼻。难道让我像一个乞丐，从你们万能的手中乞求一切吗？

无论如何我必须等。我必须找到自我。我必须等到你需要我的某些东西的那一天。

我不需要怜悯，我的大丈夫气概也不能丢，我们能否等到实现了社会的融合再谈人的融合呢？除非有心灵的交融，否则只不过是表面的形式，中间隔的那堵墙像山一样高。

随我到黑人和白人合校的操场上去看一看吧，正赶上课间休息，同学们涌出教室。很快你就会看到，那边是一群白人学生，而在靠近篱笆的地方则是一群当地的学生。

我们需要什么？我们首先需要得到尊重，使我们感到是有价值的民族；我们需要得到在生活道路上获得成功的同等机会。

让我们谁也不要忘记，我们是享有特别权利的民族，这是由承诺和条约加以保证了的。但我们并不乞求这些权利，我们也不感谢你们给予了我们这些权利，愿上帝帮助我们，我们已为此付出了巨大的代价，我们为此付出了我们的文化，我们的尊严，我们的自尊。

我知道，你们心里也想能够帮助我们。我不知道你们究竟能做些什么，不过你们还是能做不少的事。当你们遇到我的孩子们时，不论他是幼童，还是你的兄弟辈，请尊重他们每一个人。

阅读思考

1.读完全文，你怎么理解作者说他"我出生在一千年以前"？

2.读完这封信，你认为作者所提出的原子弹文化时代最重要的问题是什么？

3.把你读完文章后的感受和对作者所提问题的见解，以回信的形式告诉他。

印第安人的故事①

〔美国〕玛丽·彭内尔 爱丽丝·丘萨克 编　王林 译

　　傍晚，在印第安人的村庄里，一个印第安小男孩，正在收拾学校的书本。讲故事的时间到了。现在他的爷爷疤脸，将给他讲很久以前的故事。

　　"来吧，爷爷，"小男孩说，"给我讲讲您小的时候都做些什么，给我讲讲您是怎么打猎的。"

　　下面就是爷爷讲的故事。

打　猎

　　当我还是小孩子的时候，我不像你现在要上学读书。我的"学校"和你的不一样，它在大森林中。我在那里学会了很多东西。黑羽，我的爸爸，就是我的老师。他教我划独木舟，教我用弓箭打猎。

　　一天晚上，我的爸爸对我说："疤脸，明天一早我们必须到森林中去。你的妈妈，流星，需要一张鹿皮，她想给你做一件衣服和一条裤子。"

　　第二天早上，在小鸟还没醒的时候，我们就离开棚屋出发了。我们把弓箭放进独木舟里，然后把船推离开了河岸。

　　爸爸让我帮他划桨，他教我怎样运动木桨，水里才不会发出一点声音。独木舟沿着河岸轻轻地滑动。划了很远，我们停到了一个沙滩上。

_____

①选自《你见过仙女吗》，中央编译出版社，2003年1月版。

离开独木舟，我们开始穿过森林，森林中有一条小溪，每天早上都有鹿到河边来喝清凉的水。

我们静静地走着，悄悄地穿行在一棵棵的树之间。这样，鹿才不会听见我们，也不会看见我们。爸爸教我怎么走才能避免发出声音，就是我脚上的松针也不会掉落。

终于，我们来到了小溪边。爸爸走进溪里，沿着溪岸往前看。他说："疤脸，我们来得正是时候，今天早上还没有鹿来过。但是，你看！许多鹿昨天晚上已经来过了。哈！另外还有一些动物会来的。瞧，疤脸，你能告诉我那是什么动物吗？"

我往河边看，看见了一些鹿的脚印。正在这时，我们听到背后的森林中，一棵小树枝折断了。我们迅速地溜到一棵树后去等待，不发出一点声音。很快，一只美丽的鹿从森林里跑到了小溪边。

不声不响地，爸爸拉开了弓，射出了箭。

"一张很好的鹿皮，可以给你的妈妈。"爸爸说。

爸爸把鹿拖到了河边，然后我们把它放到独木舟上。太阳还在高空中的时候，我们回到了家。

"哈，疤脸，"妈妈说，"你爸爸是一个出色的猎人和射手，他带给家里充足的食物和可以做衣服的好皮子。"

棚　屋

一天，爸爸从森林中打猎回来，说："流星，准备搬家。树上的坚果很多，松鼠的皮毛很厚，野鸭也向南方飞去，这一切说明冬天将又冷又长。我们一定要准备很多的食物和兽皮，我们必须搬到森林深处，在那里我能打猎和捕鱼。"

于是，妈妈从棚屋里拿出了所有的东西，锅碗瓢盆和兽皮。她把这些东西打成一个大包裹，在我身上系上一个小背包，然后我们就出发了。

爸爸在前面带路。他拖着独木舟，妈妈背着大包裹，我背着小背包。

我们在森林深处走了很多很多天。每天晚上，爸爸找到一个露营的地方后，妈妈就找来木块，点燃篝火①。在火上，她烤着爸爸在白天捉的兔和鱼。

晚上，妈妈把放婴儿的背包挂在低低的树枝上，靠近树旁，我们钻进毯子里，开始睡觉。

许多天后，我们来到一条小溪边，爸爸停住了。"就在这里，"他说，"我们将在这里待上一个冬天，那边可以搭棚屋，枞(cōng)树将挡住寒冷的北风。这里有干净的水可以喝，在小溪边，我还可以打猎和捕鱼。"

妈妈马上开始搭建棚屋。她砍下一些小树，把它们削成柱子。然后她又在地上画了一个圆，绕着这个圆，她把柱子深深地插进土中。所有的柱子在顶端会合，妈妈把它们捆在一起。最后，她把鹿皮搭在柱子上，棚屋就搭成了。

妈妈正在棚屋前点炉火，爸爸在挖陷阱，我拿上弓箭走进了森林中。很快，我看见一只兔子在我前面跳，我紧跟着它。

一步一步地，我走进了森林深处。我想尽量靠兔子近点儿，好射中它，但是很快它就跑不见了。

我转身想返回住地，但是却记不清住地在哪里。我迷路了。

我不停地走啊走，天变得越来越黑。最后，我来到了一条小溪边。我想起来我们的棚屋就在小溪边，也许就是这条小溪吧。我沿着小溪走，走了很长时间，我看到了火光，也许就是我们家的篝火吧？走近一看，果然是。

当我到达棚屋的时候，妈妈正在往火里放干树枝，以便照亮我回家的路，爸爸也到森林中找我去了。当妈妈看见我后，她像鹰一样发出一声长长的、响亮的口哨，这是告诉爸爸我已经安全到家了。

---

①篝火：原指用笼子罩着的火，现指在空旷的地方或野外架起木柴、树枝燃烧的火堆。

 阅读思考

    1.通过"爷爷"所讲的两个故事，你了解了印第安人生活中的哪些事情？

    2.联系前面三篇文章，你能体会到印第安人过的是一种什么样的生活吗？

    3.把"爷爷"讲的故事也讲给你的家人听听。

文学聚焦：劝说文

劝说文就是说服读者用某种方式去思考或行动的文章。有说服力的作者会通过劝说文来提出自己的观点，并促使读者采取行动。

西雅图酋长的宣言和谈话，以令人震撼的淡泊、超然、智慧、真诚与悲悯情怀，书写他和所有印第安人对自然的珍惜与敬畏。他痛惜部族的衰落、本土文化的逐渐消亡，同时告诫所有恃强凌弱的民族，"一个部落没落，另一个部落兴起，一个民族灭亡，另一个民族崛起，如同潮起潮落"。

 ## 点子库

1.书信

给西雅图酋长写一封信，问候他并向他致敬，当然，也可以与他讨论宣言的某个观点，或者告诉他你阅读之后的感受与体会。你自己决定你想写的一切。

2.日记

读《印第安人的故事》，想象你跟在"爷爷"身后度过了精彩而丰富的一天，然后写一篇日记记下这一切。

3.小册子

印第安人是对除爱斯基摩人外的所有美洲土著居民的总称。美洲的印第安人留下了相当多的古代文明。他们培育了玉米、马铃薯，建造了高大的神庙，留下了在今天仍难以解释的文字，形成一种独特的印第安文明。利用网络搜索引擎搜集相关资料，做一本有关印第安文明的小册子。

致外星人的信

单元导读

　　让我们把目光投向浩瀚的宇宙，在天外，是否有和我们一样的智慧生命存在？他们可曾收到我们的问候？他们何时会造访我们地球？相信这不仅仅是天文学家关心的问题，也是我们大家关心的问题。随着科技的发展，人类终于登上了月球。我们中国人也一次又一次地进入太空，未来还将建成我们自己的空间站。太空，我们来了！

致外星人的信

〔美国〕吉米·卡特

　　出于探索外星文明的强烈愿望，1977年7月美国先后发射了"旅行者"1号和2号两艘宇宙飞船，它们以每秒17.2公里的速度向外空飞去。"旅行者"号带有录制着我们地球人特征、地球风貌及美国前总统卡特向外星文明致意信息的铜制镀金唱片。这位美国前总统在文中这样写道：

　　这艘"旅行者"号宇宙飞船是美利坚合众国建造的。我们是一个拥有2.4亿人类生命的集体，我们与居住在地球上的40亿人类共同生存着。我们人类现在仍以国家划分，但是这些国家正在迅速地成为一个单一而又综合的文明世界。

　　我们向外星致文。此文可能在未来的10年中长存，届时我们的文明世界将会发生深刻的变化，地球的面貌也将大为改观时，这一信息可能依然存在。在银河系2000亿颗恒星中，一些(也许很多)恒星的行星上有人居住，并存在着遥远的宇宙文明。如果一个文明世界截获了"旅行者"号，并能理解它所携带的录制内容，就请接受我们如下的致文。

　　这是来自一个遥远的小型世界的礼物，它是我们的声音，我们的科学、科学的意念、我们的音乐、我们的思考和我们的情感的象征。我们正努力延续时光，以期能与你们的时光共融。我们希望有朝一日在解决了所面临的困难之后，能置身于银河文明世界的共同体中。这份信息将把我们的希望、我们的

决心、我们的亲善传遍广袤而又令人敬畏的宇宙。

美利坚合众国总统

吉米·卡特

1977 年 6 月 16 日于白宫

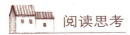 阅读思考

1.你认为真的有外星人吗？为什么？

2.你觉得应该用什么方式表达对外星人的问候？

3.“我们正努力延续时光，以期能与你们的时光共融”，这句话是什么意思？表达了人们怎样的心情？

人类必须了解宇宙①

〔美国〕阿姆斯特朗

我们在月球的静海着陆，当时正是月球凉爽的清晨，颀长的影子有助于我们观察。

太阳只升到地平线上10度，在我们停留期间，地球自转了将近一圈，静海基地上的太阳仅仅上升了11度，这只是月球上长达一月的太阴日的一小段。这令人有一种双重时间的奇特感觉，一种是人间争分夺秒的紧迫感，另一种是宇宙变迁的冗长步伐。

两种时间感都很明显。第一种可用日常飞行来说明，其计划和措施细微到以瞬息来计算；后一种可用我们周围的岩石来说明，自从人类有史以来它们一直没变。它们30亿年的奥秘，正是我们所要寻找的宝藏。

登月舱"鹰"的饰板上有这样一句话，凝练地表达了我们的愿望：

"公元1969年7月来自地球的人首次在这里登上了月球。"

我们是为了全人类的和平而来的。人类的1969个年头构成了春分点留在双鱼座两千年的大部分，而这只是黄道带的1/12。它是根据地球轴的岁差计算出来的，春分点在黄道带中，移动一周需要一千代人的时间。

未来的两千年是春分点逗留在宝瓶座的时期，我们的青年们会在这时期满怀希望，人类也许能开始了解最令人迷惑不

①选自《大自然的召唤》，黎先耀主编，科学普及出版社，1999年1月版。

解的奥秘：我们向何处去？事实上地球正以每小时几千英里的速度朝武仙座方向宇宙中的未知目的地运行。人类必须了解宇宙，以便了解自己的命运。

但是，奥秘是我们生活中必不可少的。

奥秘引起惊奇，而惊奇则是人们求知欲的基础。谁能知道，在我们这一生能解答什么样的奥秘，新的一代又将面临什么新的奥秘的挑战？科学还不能准确预言。我们对下一年的预测过多，而对今后10年的预测却太少。对挑战作出反应正体现了民主的伟大力量。我们在太空方面取得的成就使我们有希望把这种力量用来解决今后10年地球上的许多问题。

几个星期之前，我思考"阿波罗"精神的真正含义，不由得心潮澎湃。

我站在这个国家靠近大陆分水岭的高地上，向我的几个儿子介绍大自然的奇观和寻找鹿、麋的欢乐。

他们热切地想观看，但是却常常绊倒在岩石小道上。然而当他们只顾注意自己的脚步时，却看不到麋了。

对你们当中那些主张高瞻远瞩的人，我们表示衷心感谢，因为你们使我们有机会看到造物主所创造的一些最壮丽的景色。

对你们当中那些诚恳的批评者，我们也表示感谢，因为有了你们的提醒，我们不敢无视眼前的小道。我们的"阿波罗11号"带了两面原来飘扬在国会大厦上空的合众国国旗，一面原挂在众议院顶上，另一面则原挂在参议院顶上。

现在我们荣幸地在大厦里奉还国旗。国会大厅象征着人类最崇高的目标：为自己的同胞服务。

我们代表"阿波罗"号全体人员谢谢你们，谢谢你们给予我们机会，荣幸地同你们一起为全人类服务。

阅读思考

1.阿姆斯特朗说他的一小步却意味着人类的一大步，对于他的话你是怎么理解的？

2.人类为什么必须了解宇宙？

3.阿姆斯特朗说他理解了"阿波罗"精神的真正含义，你觉得这个含义应该是什么？

航天女英雄①

刘绪源

1986年1月28日，美国所有的日历都翻到了这一页，人们早就在期待着这个日子了。

一年多以前，美国宇航局决定挑选一名普通公民乘坐"挑战者"号航天飞机飞入太空。过去，只有宇航员、科学家能够进入太空，现在，普通人也能这么做了。这个计划太吸引人了，各行各业的许多人都跃跃欲试。最后，里根总统决定，第一个进入太空的普通人，应该是教师。

是啊，航天事业还只刚刚开头，茫茫宇宙有待一代又一代的勇士去征服，让教师来开创普通人航天的道路，将吸引成千上万的青少年投身这一伟大的事业。一时间，报名的教师竟有11146人！

康科德中学37岁的女教师麦考利夫听到了这一消息，她立刻向宇航局报了名。

这天晚上，她回到家里，用她那秀丽的字迹，认真地填好了一份长达11页的申请表。8岁的儿子史考特和5岁的女儿卡罗琳站在边上，看着妈妈签上了自己的名字。卡罗琳咬着大拇指问道："你马上就要到太空去了吗？"麦考利夫微笑地摇摇头："有那么多人报名呢。这就像体育比赛，里边只能有一个冠军。"史考特开口了，到底是男孩子，说起话来斩钉截铁："妈妈，只要你老想着赢，就一定能赢！上次我们班的足球比赛就是这样的。我祝你成功！"他像一个真正的男子汉那样伸

---

① 选自《儿童时代》，1986年第9期。

出了手，麦考利夫含着笑，很感激地同他握了握手。

没想到，史考特的祝福还真管用，麦考利夫真的成了一万多人中的佼佼者——她被选中了！她就要用自己的行动证明：普通人也能够进入太空！

紧接着，她就面临严峻的考验——要在休斯敦的宇航中心接受4个月的严格训练。她虽然身体健壮，但毕竟只是一个普通的女教师，没有像宇航员、运动员那样受过正规训练。现在，她每天都要体验在失去地心引力的状态下那种反常的感受；要逐渐适应像鱼儿一般在舱内漂浮；要很快地学会使用仪表和舱内的装置；要通过各项太空知识的考试。其中最难忍受的，是登上那架小型的训练飞机——连宇航员们都抵挡不住机身的上下颠簸和反复折腾，常常要吐得死去活来，他们称这飞机为"呕吐彗星"。麦考利夫当然吐得最厉害，但她今天被颠得吐清水，明天照样昂着头登上飞机。那些宇航教员们有时相互使着眼色，等着她主动来打退堂鼓，但最后都向她伸出了大拇指。

卡罗琳给她打来了电话："妈妈，你还在太空里吗？你什么时候下来？"女儿虽已过了6岁的生日，却还弄不清太空和地球的区别，她不得不在电话中反复向她解释。她的丈夫和父母，也常来电话询问她的近况。而她最感兴趣的是儿子史考特，他老在电话里说，要告诉她一个秘密，却又老是不告诉她。

人们期待的日子终于来了。这天上午，"挑战者"号就要起飞了。麦考利夫的父母和丈夫都赶到佛罗里达州为她送行。史考特和同班的19位同学一起，也乘坐飞机赶来了。同学们簇拥着史考特，史考特手中捧着一个纸盒，里面有什么东西在微微地动。他显得那样小心翼翼，那样郑重其事。他把纸盒递到麦考利夫胸前，眼睛一闪一闪地说道："妈妈，请您把它带到太空中去。"麦考利夫接过来一看，眼睛顿时湿润了。这是青蛙，是史考特最心爱的小青蛙！从它还是个小蝌蚪的时候起，史考特就尽心尽力地喂养它，每天放学回家总要凑到小

玻璃缸前看上好半天，就这么一直看着它褪去了尾巴，看着它长出了四条有力的腿。在第一次听到它发出那"咕噜噜噜"的蛙鸣时，史考特就像哥伦布发现了新大陆，把爸爸、妈妈和妹妹一起叫来，让全家都来分享他的喜悦。现在，他把青蛙带来了……哦，不，他是把自己的心带来了！他要让青蛙代表他自己，在太空中陪伴亲爱的妈妈；他也要让他亲手培养的小青蛙，代表整个青蛙家族，第一个登上太空。——原来，这就是他早已埋在心中的秘密！麦考利夫噙着眼泪笑了。这是欣慰的眼泪，因为她看到在儿子的身上，流着跟她一样的血……

麦考利夫的学生们为她送行时，带来了康科德中学的校旗，请她把校旗留在宇宙空间。大家充满感情地说："您从那边回来，可别忘了我们。"麦考利夫轻松自如地摇摇头道："我要是回不到你们身边，除非是'那边'出问题了。"她是有什么预感了么？不，她对这次航行充满了信心。就在航行之前，她撤回了自己的人寿保险，她的这一举动，正是为了宽慰成千上万为她担心着的人们。这会儿，就要登机了，她在想什么？也许，她正想着将在太空中给几百万美国学生讲的两堂课。第一堂课要讲述太空的见闻，为孩子们一一介绍航天飞机中每个成员的岗位和职责；第二堂课，她将谈到航天飞行的目的和意义。而康科德中学里她的那些可爱的学生们，是可以通过专用线路向她直接提问的。他们将进行太空和地球之间的亲切而有趣的对话，就像他们平时在康科德中学的305教室所进行的那样。也许，正是想到了这一切，麦考利夫在登上航天飞机的最后一刻，回过头来，对着电视镜头，对着她的学生们，也对着整个人类，留下了一个美丽的笑容。这最后的笑容，异常灿烂夺目，永远留在了人们的记忆中。

"挑战者"号起飞了！在佛罗里达州的观礼台上，欢声雷动。麦考利夫的父母、丈夫和孩子，随着狂欢的人群，挥舞起了自己的头巾和帽子。在康科德中学的礼堂里，师生们对着电视机欢呼鼓掌；由学生们组成的管乐队，吹起了热烈而欢快的乐曲。在这不寻常的时刻，美国的千千万万所中学都沉浸在欢

乐的海洋里。

忽然，意想不到的事情发生了：航天飞机在一瞬间迸出了刺眼的火光，紧接着，一团巨大的火球包围了它！这艘牵系着几百万美国师生神经的"挑战者"号，拖着两条长长的火龙，开始迅速地下坠，完全失去控制地下坠……

观礼台上的人们最先明白过来，在呆了几秒钟之后，人们再也憋不住内心的悲痛，一个个失声痛哭起来。只有孩子们，还在茫然若失地面面相觑，苍白的脸色和布满着绝望的眼神，仿佛在彼此询问：难道亲爱的麦考利夫老师真在里边？难道她真会永远消失在这么晴朗的空中？

在康科德中学，管乐队在一刹那间停止了演奏，礼堂里死一般的寂静，每个人的心都像提到了半空。电视屏幕上，火球还在下坠，下坠……这是无法否认的事实，这是多么残酷的事实！踮着脚站在后排的那3个女教师，几乎在同一瞬间"哇"地哭出了声，3个人抱成了一团。孩子们醒悟过来了，有的号啕大哭，有的怔怔地流泪，有的还在痴痴地直瞪着电视屏幕，

脸上毫无表情。一个老教师迅速地关上了电视机，一边强忍着悲恸，组织老师们分头给家长打电话，把孩子们领回家。

悲痛的气氛笼罩着美国。这一天，国会中断了议会，为遇难者默哀。华盛顿和全美各地降下了半旗，平时灯火辉煌的纽约帝国大厦熄灭了灯光。一架直升机，将一个巨大的花圈投入"挑战者"号坠落的海面，花圈上衬着七朵殷红的麝香石竹，代表航天飞机上7名遇难的英雄。在麦考利夫曾经就学的麻省弗雷明汉州立大学，升起了7个黑色的气球。而最感人的，是在麦考利夫遇难的当晚，在佛罗里达州的大西洋沿岸，竟有20000多人高举着手电，向着浩渺的深邃的夜空照射。其中多半是孩子，是同刚刚失去母亲的史考特和卡罗琳一样大小的孩子。也许，他们是在用自己特殊的灯语，同亲爱的麦考利夫老师交流着感情，以弥补那两节盼望已久的"太空课"吧……

然而，人们并没有被这意外事件吓倒。按原先的规定，下一个飞向太空的普通公民应当是新闻工作者，当时已有1700名记者、编辑和摄影师提出了申请；爆炸发生后，没有一人撤回申请，却有许多勇士争着打电话，要求让他们参加下一次的航天飞行。

麦考利夫以她的英勇献身，为她的学生和孩子们上了最后一课。各国的少年儿童将会像美国儿童一样，永远记住这位航天女英雄，记住这位来自康科德中学的"挑战者"。

阅读思考

1.麦考利夫只是一个普通的公民，为什么人们称她为"航天女英雄"？

2.航天女英雄不幸遇难，为什么没有一个人撤回申请？

3."麦考利夫以她的英勇献身，为她的学生和孩子们上了最后一课"，你从这最后一课中，学到了什么？

文学聚焦：科学故事

科学故事是用故事的形式讲述科学技术方面的种种知识。科学故事的内容十分丰富，有的介绍科学技术上的发现、发明、发展，也有的介绍常见自然现象中的科学道理，还有的介绍科学史上的名人轶事，等等。《航天女英雄》通过故事的形式，比较详细地介绍了女教师麦考利夫乘坐"挑战者"号航天飞机进入太空前后发生的情况，表现了人们探索宇宙奥秘的光荣与梦想、挫折和牺牲。

微型写作课：写好科学故事的细节

写作技巧重点：科学故事中的"科学元素"

科学，是一个美丽的词汇，在科学精神的感召下，一代又一代的科学家为之付出了毕生的心血。探索宇宙的道路神圣而充满艰辛，但再大的挫折也不会让人类停下探索的脚步。"求真""向善"是科学追求的方向，在科学故事中，如何体现"科学元素"呢？

文章中的范例

1.符合科学原理

她每天都要体验在失去地心引力的状态下那种反常的感受；要逐渐适应像鱼儿一般在舱内漂浮；要很快地学会使用仪表和舱内的装置；要通过各项太空知识的考试。其中最难忍受的，是登上那架小型的训练飞机——连宇航员们都抵挡不住机身的上下颠簸和反复折腾，常常要吐得死去活来，他们称这飞机为"呕吐彗星"。

2.体现科学精神

在康科德中学，管乐队在一刹那间停止了演奏，礼堂里死一般的寂静，每个人的心都像提到了半空。电视屏幕上，火球还在下坠，下坠……这是无法否认的事实，这是多么残酷的事实！踮着脚站在后排的那3个女教师，几乎在同一瞬间"哇"地哭出了声，3个人抱成了一团。

3.合乎科学逻辑

麦考利夫接过来一看，眼睛顿时湿润了。这是青蛙，是史考特最心爱的小青蛙！从它还是个小蝌蚪的时候起，史考特就尽心尽力地喂养它，每天放学回家总要凑到小玻璃缸前看上好半天，就这么一直看着它褪去了尾巴，看着它长出了四条有力的腿。在第一次听到它发出那"咕噜噜噜"的蛙鸣时，史考特就像哥伦布发现了新大陆，把爸爸、妈妈和妹妹一起叫来，让全家都来分享他的喜悦。现在，他把青蛙带来了……哦，不，他是把自己的心带来了！

🖊| 构思

仔细观察并研究一种科学现象，写下你研究的过程和结论；也可以通过采访和收集资料的方式，了解一个科学人物，把这个人从事科学研究的过程，"科学"地表现出来。

🖊| 写稿

写科学故事除了和一般写人记事相同的要求外，更要表现出其中的科学原理、科学精神，保证自己的故事符合科学的逻辑。

🖊| 修改

把写好的故事讲给自己的父母或同伴听一听，请他们针对其中的"科学元素"和表现出来的"科学精神"提出修改意见，然后根据他们的意见作适当修改。

写给孩子的
社会启蒙书

单元导读

有一本书叫《大人为什么要开会》，这本书有一个神奇的开头："这是被施了魔法的一天……世界上只剩下了阿当一个人。"只剩他一个人，怎么会想到开不开会？是的，人类社会之所以形成，正在于人是一种群居的动物，人与人之间的关系，构成了人类社会的基本关系。所以，即使我们只是坐在教室里，也会有这样那样的"社会问题"让我们迎头遇上。

教室是老师的吗？①

蒋瑞龙

在阿源班级里，总有一些同学喜欢在上自习课的时候讲话吵闹，影响其他同学学习。而且，他们根本不觉得自己的行为有多么可耻。只有老师来的时候，他们才会收敛一些，好像这教室是老师的，而不是全体同学（包括吵闹的同学自己）的。甚至，有几个同学将这些"扰乱公共秩序"的行为看作是反抗老师的"英雄行为"，乐此不疲。

"将教室看作是校长老师的"，这种将公共产品看作是他人财产的认识，正是很多中国人的共同意识，这种不正确不健康的意识严重妨害了中国人公共意识的确立。

在封建社会，长期的集权专制统治，不仅是造成"规则意识淡薄"（不排队）的原因，也是造成中国人公共意识缺乏的原因。在集权统治下，国家是皇帝的，民众不是国家的主人，只有皇帝是主人，所以，民众就很难产生主人翁意识。在中国，几千年的皇权统治，对民众的公共意识是一个长期的、极大的摧残。

在专制社会，"公家的"东西在事实上就是"皇家的"、"领导的"，让人们对公共财产有一种近乎敌意的情绪，不破坏白不破坏。人们的普遍心理是，公家的东西不拿白不拿，不用白不用，没必要爱惜，更没必要尊重。这种社会心理延续到今天，便体现为人们在公共生活中没有主角的感觉，在公共财产面前没有主人的意识。

---

①选自《我是中国人》，广西师范大学出版社，2013年1月版。

在现代社会，我们必须明白：教室是同学老师共同拥有的。公共空间是属于我们大家的，维护公共利益，就是维护我们自己的利益！

🏠 阅读思考

1.你遇到过本文开头所描述的那些场面吗？如果遇到过，那你有没有想过"教室是谁的"这个问题？

2.通过图书馆或网络查找相关资料，了解封建社会中集权专制统治有哪些表现，并列举出具体的实例。

3.公共利益需要大家共同维护。请与同学们交流，编写一份《教室活动守则》。

干净的钱与肮脏的钱①

蔡朝阳

　　菜虫想不到光是电脑，就有这么多讲究，尤其让菜虫觉得不可思议的是，像IBM、康柏这样的公司，它们靠科技来赚钱，后来竟然会在市场份额上输给戴尔，而戴尔并没有在技术上有所突破啊。菜虫觉得这对IBM、康柏这些公司来说，是不公平的。爸爸很理解菜虫的这种想法，但爸爸觉得，戴尔公司的成功，不是投机取巧，而是靠创意取得的，这同样是一种成功的营销。换句话说，如果我们赚的钱，有干净的钱和肮脏的钱的区分的话，戴尔赚的同样是干净的钱。

　　爸爸还可以举出另一个发生在菜虫身边的故事：菜虫认识的爸爸的朋友李伯伯，就是那位喜欢书画艺术，爱看电影听音乐的李伯伯，他光靠脑子里的创意，就赚到了一笔不菲的钱。事情是这样的：那一年，世界合唱比赛要在本地举行，这是本地的一件大事，又加上建城2500周年，市政府非常重视。因为李伯伯的名气，为合唱比赛设计会徽的事情，就落到了他和他的朋友身上。李伯伯和几个朋友一起，开始商量怎么做设计。这几个朋友，一个是画家黄大师，一个是大学的沈教授，还有一个是资深的电台主持人曹伯伯。他们在那段日子里，经常在一起喝茶聊天讨论。在我们外人看来，他们就像在消遣一样，因为他们平时也是这么聚会聊天的。不过，这段时间的聚会，他们有个核心的话题，就是如何设计会徽。后来，他们从一个篆文"集"字出发，结合汉字的象形特征，设计了三只小鸟在

---

①选自《为什么不能把所有东西买回家》，广西师范大学出版社，2013年1月版。

树上歌唱的图形，让人看了感觉一下子豁然开朗。小鸟是歌唱的象征，三只小鸟在树上，即为"集"字，就是合唱的意思。这个创意，非常符合世界合唱比赛的理念，又代表了中国的传统文化，毫无悬念地被选中了，于是，李伯伯获得了一笔不菲的报酬。李伯伯和他的同仁们，并没有从事艰苦的劳动，而只是用创意就获得了收益。爸爸觉得，这样靠思想和创意赚来的钱，不但是干净的钱，还是非常有质量的钱。

我们经常有些误解，觉得需要办实业，制造具体的东西，赚来的钱才是好的，比如舅舅和大伯伯，都办有实业，生产具体的商品，似乎这样才靠得住，因为他们是在为社会创造实实在在的财富；而一些依靠创意，或者投机赚来的钱，总归不那么实在。又比如说，现在股市是很多人都关心的，但股市赚来的钱，就是干净的吗？

这个话题很有意思，也是困扰人们许多个世纪的话题。即使在今天的中国，多数人还是把"投资"跟办实业联系在一起，把证券交易、金融交易跟"投机"联系在一起，总认为"用钱赚钱"是某种意义上的剥削，只有劳动才创造价值。

可以这么说：只要那些交易是双方自愿进行的，没人强迫，那么，不管涉及实业与否，都不存在剥削，那样赚的钱都是合乎道德的钱。许多人问，如果你拿钱去做股票短线交易，利用短期差价赚钱，这种投机利润是合乎道德的吗？——我会说，这当然合乎道德，因为通过你的交易，帮助把相互错位的股票价格纠正了过来，使其不至于太多地偏离它们应有的价值。尽管持股时间很短，也给社会作了贡献，你也就应该为此得到补偿。

至于肮脏的钱，爸爸就不用说太多了，那些用违背法律、损害别人利益，甚至违背一般的人伦道德的赚钱方式赚得的钱，都可以说是肮脏的。因为，经济学归根到底是一种人道主义的学问，经济学是要帮助人们生活得更美好、更丰富。

在经济学中，有一个"自利"的概念，"自利"和我们平时说的"自私"不是同一回事。一个叫曼德维尔的人写了一本叫作《蜜蜂的寓言》的书。和我们一贯认为的蜜蜂是勤劳的美德的象征不同，曼德维尔经过研究，发现每只蜜蜂都在近乎疯狂地追求自己的利益，虚荣、伪善、欺诈、享乐、嫉妒、好色等恶德在每只蜜蜂身上都表露无遗。但令人惊异的是，当每只蜜蜂都疯狂追逐自己的利益时，整个蜂巢却呈现出一派繁荣的景象。由此，经济学家们得到极大的启发，认为人类就像蜜蜂一样，为了贪婪和私欲忙碌，但正是这种贪婪和私欲，才繁荣了经济，促进了人类文明的发展。用好听的话来讲，这种"自利"，最后促进的却是互利。在经济学史上，曼德维尔的《蜜蜂的寓言》可以说是价值连城：它首先启发了亚当·斯密，亚当·斯密的"看不见的手"和"分工理论"就来自这里；后来，伟大的经济学家哈耶克认为，亚当·斯密与曼德维尔在个人主义的观点上一脉相承。

 阅读思考

1.什么样的钱是"干净"的？什么样的钱是"肮脏"的？请用文中的话概括。

2.你听过身边人赚钱的故事吗？问一问他们，了解每个人赚钱的不同的方式和过程，再选一个让你最有感受的故事写下来。

3.推荐阅读《为什么不能把所有的东西买回家》。

为什么要辩论？①

郭初阳

"那么我怎么知道自己是应该赞同还是抵制呢？"一个扁扁的声音在教室的一角响起，还是路易斯。

不知是听了这个奇怪的提问，还是想起了他的长手臂，有一些人笑了起来，教室里的气氛一下子变得轻松了。

"好问题！"雷夫老师对着路易斯微微一笑，然后环视全班，每个同学都感觉自己被他温和的目光触及了，"正因为这个，所以需要辩论。通过辩论，或者通过倾听辩论，你可以知道自己是应该赞同还是抵制。"

"辩论的传统源于公元前六世纪古希腊的城邦政治，深具理想的雅典人对于他们的民主辩论，非常珍惜也感到非常自豪，这些都体现在伯里克利的《阵亡将士国葬典礼上的演说词》里。萨拜因教授曾说，'在有关历史的文学作品中，极可能还没有一篇文章能够如此卓越地阐释一种政治理想。'这本书，我们教室图书馆就有。"

雷夫老师边说边走到窗边的书架前，抽出一本书，封面是洁白的。书被打开了，一种柔和的光映在老师的脸上。老师朗读了其中的一小段：

"在我们看来，行动的巨大障碍并不是辩论，而是这样一种知识的缺失，即从那些为行动做准备而进行的辩论中所能获得的那种知识。因为我们拥有这样两种特殊的能力：一是在行动之前进行思考的能力，二是采取行动的能力；而其他的人虽

---

① 选自《大人为什么要开会》，广西师范大学出版社，2013年1月版。

说有着一种无知的鲁莽，但却不愿进行思考和反思。"

同学们静静地听着。读完之后，雷夫老师分析道：

"伯里克利这段话，有三个要点：一，思考与行动是两种不同的能力，往往思考在先，行动在后，先于行动的思考是必要的。二，'行动的能力'很重要，但是仅有'行动的能力'，是一件危险的事，人类历史上很多错误都是不经思考的行动而造成的。三，'思考的能力'能帮助人们获得知识，它有赖于一种必要的形式——辩论。只有通过那些为行动做准备而进行的辩论，才能获得那些珍贵的知识。"

"因此辩论非常重要，这也是基于柏拉图最为赞同的希腊人的朴素信念——政府最终依凭的是'说服'而不是'强力'，政府所建立的各种制度也是为了发挥说服作用而不是为了发挥强力作用。同样的，公民的自由，也取决于他在与他人自由而不受限制的交往中，具有一种能够说服他人并接受他人说服的理性。怎么说服？就是各抒己见，彼此辩论。"

在雷夫老师的课上，时间总是一晃而过，说话间铃声响了，下课后，那本神奇的白皮书被放回到书架上。阿当走过去，轻轻地取下来翻看了一会儿，然后，他把书重新放了回去，带着书里的一句话回家了："在我们这里，每一个人所关心的，不仅是他自己的事务，而且也关心国家的事务；就是那些最忙于他们自己的事务的人，对于一般的政治也很熟悉——这是我们的特点：一个不关心政治的人，我们不说他是一个只注重自己事务的人，而说他根本没有事务。"

阅读思考

1.用文中雷夫老师的话回答：为什么要辩论？你有没有过未经细细思考就贸然采取行动的经历？

2.你成功地说服过一个人吗？如果让你组织一次辩论，你会选择什么话题作为辩题？

文学聚焦

　　"社会"，好深奥的一个词！"社会问题"，看到这个词，更让我们感到一丝不解与可畏。可是，你想过吗？"社会"也好，"问题"也好，它们与我们总是息息相关的，不必往大处说，只看些小事便是如此：每天的吃饭穿衣，这是"社会生活"的一部分；来到学校读书，这件事是有"社会保障"的；坐在教室里，如何处理与同学之间的关系和事务，这就是"社会交往"……我们怎样看待并理解"社会"，又怎样学着做一个"社会人"，这都关涉着民族、国家的未来。孙中山曾说："孩提之学步也，必有保姆教之，今国民之学步，亦当如是。"这三篇文章的主旨，正是教你慢慢树立起社会意识、公共意识，做崭新的中国人。

点子库

　　阅读

　　《小狗钱钱》是一本写给儿童的理财童话，非常有趣，又包含了很多经济学的常识，请阅读此书，读完后，撰写一篇读书笔记，讲述自己的收获。

　　报告

　　设计一份简易的表格，记录家庭日常开支明细，坚持一个月，然后根据记录数据进行分析，完成一份《家庭理财情况报告》。

　　项目

　　辩论会。征求同学意见，选择大家最为关心的一到两个话题，选择辩手，制定规则，并深入了解辩论话题，共同组织一场辩论会。

元曲小令选读

单元导读

　　700多年前，当性格剽悍的蒙古族铁骑挟带着寒冷的大漠北风，唱着嘹亮的军歌入主中原之后，中国历史上第一个由少数民族建立的大一统帝国——元朝诞生了。蒙古人民在马背上弹奏的音乐，与中原民间曲调有了结合的机会，于是，中国文学史上的又一朵奇葩——元曲诞生了……

[越调]天净沙·秋思

〔元〕马致远

枯藤老树昏鸦，
小桥流水人家，
古道西风瘦马。
夕阳西下，
断肠人在天涯。

阅读思考

1.此曲共28个字，却写了10种景物。请找出这些景物的名称，想一想，这些景物构成的是一幅怎样的画面？请为这幅画面取一个符合意境的名字。

2.在这样的画面中出现的"断肠人"，给你留下了什么鲜明的印象？

[双调]雁儿落带得胜令·退隐

〔元〕张养浩

云来山更佳，
云去山如画，
山因云晦明，
云共山高下。
倚仗立云沙，
回首见山家，
野鹿眠山草，
山猿戏野花。
云霞，
我爱山无价，
看时，行踏，
云山也爱咱。

 阅读思考

1.你见过云在山间来去的画面吗？你觉得云与山的哪种组合更美？

2.该曲反复提到"云"和"山"，把山中的景物写得那么美，那你觉得"云""山"和"我"之间有什么关系呢？

[双调]水仙子·夜雨

〔元〕徐再思

一声梧叶一声秋，
一点芭蕉一点愁，
三更归梦三更后。
落灯花，棋未收，
叹新丰孤馆人留。
枕上十年事，
江南二老忧，
都到心头。

 阅读思考

1.此曲题目为"夜雨"，但全曲却无一个"雨"字，那么作者是如何写"雨"的？

2.你注意到这首曲中的数字了吗？它们有的重复使用，有的单独使用，顺序由小到大，又由大到小。这些数字和作者心境的表达有关系吗？

[正宫] 塞鸿秋·浔阳即景

〔元〕周德清

长江万里白如练，
淮山数点清如淀。
江帆几片疾如箭，
山泉千尺飞如电。
晚云都变露，
新月初学扇，
塞鸿一字来如线。

阅读思考

1.这首曲每句话都是一幅画，请你根据曲词简单画一画，并说说：作者是按什么顺序写景的？哪些景物是静态的，哪些景物是动态的？

2.这首曲连用五个"如"来作比喻，使得描写更加形象、生动、有气势。请你模仿这个句式也来写一个比喻句。

例：长江万里白如练。

文学聚焦：元曲的俗趣

　　元曲以俗为美，常常以俗语方言表达平民阶层的俗情俗趣，通俗易懂、泼辣诙谐，表现出与唐诗、宋词不同的艺术风格。但是，有人说元曲"俗而不俗"，这两个"俗"字的意思并不一样哦，前一个指的是通俗，第二个指的是俗气、低俗。也就是说，元曲虽然语言通俗，贴近民间，但其格调不低俗。

 **点子库**

　　元曲包括两大类型，除了散曲外还包括元杂剧。元杂剧是融合各种表演艺术形式而成的一种完整的戏剧形式。元杂剧有许多著名的作品，《窦娥冤》就是其中的一个，建议同学们找来读一读。

真正的隐者
——陶渊明

单元导读

　　他是中国第一位田园诗人，采菊东篱，种豆南山，最平凡的农村生活在他的笔下也显示出一种意味深长的美。梁启超评价他时说："自然界是他爱恋的伴侣，常常对着他笑。"是的，对于他，隐逸生活不是一种姿态，而是他厌恶官场、返归自然的本性追求。让我们走近这位真正的隐者——陶渊明！

归园田居(其三)

〔东晋〕陶渊明

种豆南山下，草盛豆苗稀。
晨兴理荒秽，带月荷锄归。
道狭草木长，夕露沾我衣。
衣沾不足惜，但使愿无违。

 阅读思考

　　中国诗人写劳动，大都是旁观者，但陶渊明不是，他是真正的劳动实践者。"晨兴理荒秽，带月荷锄归。"劳动很辛苦，但这首诗却表现出一种和谐、恬淡的美，这是为什么呢？请在诗中找出答案，并画下来。

饮　酒(其五)

〔东晋〕陶渊明

结庐在人境，而无车马喧。
问君何能尔？心远地自偏。
采菊东篱下，悠然见南山。
山气日夕佳，飞鸟相与还。
此中有真意，欲辨已忘言。

阅读思考

1.诗人虽然"结庐在人境"，可是为什么却感受到一份独特的清幽宁静？请从诗中找出一句话来回答。

2.想象"采菊东篱下，悠然见南山"的画面，从中你体会到诗人怎样的心情？

读山海经(其十)

〔东晋〕陶渊明

精卫衔微木，将以填沧海。
刑天舞干戚，猛志固常在。
同物既无虑，化去不复悔。
徒设在昔心，良辰讵可待！

阅读思考

1.这首诗中包含了两个神话故事，你知道是什么吗？

2.诗人从两个神话人物的身上看到了什么共同点？这和诗人有什么关系？

杂诗八首(其一)

〔东晋〕陶渊明

人生无根蒂，飘如陌上尘。
分散逐风转，此已非常身。
落地为兄弟，何必骨肉亲！
得欢当作乐，斗酒聚比邻。
盛年不重来，一日难再晨。
及时当勉励，岁月不待人。

阅读思考

　　诗人在这首诗里既抒发了对人生无常的感慨，又表达了对生命的珍惜。如果让你从诗中选择一句话作为你的座右铭，你会选择哪一句？为什么？

归去来兮辞

〔东晋〕陶渊明

　　归去来兮！田园将芜胡不归？既自以心为形役，奚惆怅而独悲？悟已往之不谏，知来者之可追；实迷途其未远，觉今是而昨非。舟遥遥以轻飏，风飘飘而吹衣。问征夫以前路，恨晨光之熹微。

　　乃瞻衡宇，载欣载奔。僮仆欢迎，稚子候门。三径就荒，松菊犹存。携幼入室，有酒盈樽。引壶觞以自酌，眄庭柯以怡颜。倚南窗以寄傲，审容膝之易安。园日涉以成趣，门虽设而常关。策扶老以流憩，时矫首而遐观。云无心以出岫，鸟倦飞而知还。景翳翳以将入，抚孤松而盘桓。

归去来兮！请息交以绝游。世与我而相违，复驾言兮焉求？悦亲戚之情话，乐琴书以消忧。农人告余以春及，将有事于西畴。或命巾车，或棹孤舟。既窈窕以寻壑，亦崎岖而经丘。木欣欣以向荣，泉涓涓而始流。善万物之得时，感吾生之行休。

已矣乎！寓形宇内复几时，曷不委心任去留？胡为乎遑遑欲何之？富贵非吾愿，帝乡不可期。怀良辰以孤往，或植杖而耘耔。登东皋以舒啸，临清流而赋诗。聊乘化以归尽，乐夫天命复奚疑！

阅读思考

1.文中哪些句子表达了回家的迫切？哪些句子表达了回到家后的欣喜？

2.你觉得诗人"回归"田园的原因是什么？可从诗中寻找答案，也可以搜集相关资料说明。

文学聚焦：陶渊明田园诗的宁静淡远

陶渊明的田园诗语言平易，自然畅达，表现了隐居生活的平和恬静。用"天然去雕饰"来形容陶渊明的诗句，毫不为过。他的诗文之所以出自天然，宁静淡远，是因为他是一个纯真的人，在他内心深处有着对虚伪官场的深深厌恶和对生命自然状态的不断追求。

 **点子库**

陶渊明不仅是中国第一位田园诗人，而且是中国文学史上第一个大量写饮酒诗的诗人。关于他的故事，于丹、余秋雨、孙静等专家都有专题讲解，有时间上网看看他们的讲解，你将了解到一个更加全面的陶渊明。

天地英雄气

明末大儒顾炎武说："天下兴亡，匹夫有责。"在民族危亡的时候挺身而出的人都可称之为英雄。自古以来，有成功的英雄，也有失败的英雄。失败的英雄往往更值得尊敬，因为他们明知前路艰险，却一往无前，用自己的青春、鲜血甚至生命捍卫了民族的尊严，成为漆黑的天幕上最璀璨的星辰。

天地英雄气，千秋尚凛然！愿你在诵读本单元诗歌时，能够感受到这绵延千载的浩然正气。

书 愤①

〔宋〕陆 游

早岁②哪知世事艰③，
中原北望气如山。
楼船④夜雪瓜洲渡，
铁马⑤秋风大散关。
塞上长城⑥空自许，
镜中衰鬓⑦已先斑。
出师一表⑧真名世，
千载谁堪⑨伯仲间⑩。

---

①书愤：抒发义愤。书：写。
②早岁：早年，年轻时。
③世事艰：指当时人民收复中原的愿望一直受到阻挠和破坏。
④楼船：高大的战船。
⑤铁马：披甲的战马。
⑥塞上长城：南朝宋时名将檀道济，这里作者用作自比，叹息自己空有报国之心，却无报效的机会了。
⑦衰（cuī）鬓：苍老的鬓发。
⑧出师一表：公元227年，诸葛亮出师北伐曹魏，出发前，写了一篇奏章——《出师表》上给后主刘禅。
⑨堪：能够。
⑩伯仲间：意为可以相提并论。

 阅读思考

　　1.圈出这首诗中押韵的字，在朗读时加以注意。

　　2.结合注释，说说陆游的理想是什么。

　　3.诗歌题目中有一个"愤"，陆游"愤"的是什么？谈谈你对"愤"的理解。

过零丁洋①

〔宋〕文天祥

辛苦遭逢起一经②，
干戈寥落③四周星④。
山河破碎风飘絮⑤，
身世浮沉雨打萍。
惶恐滩⑥头说惶恐，
零丁洋里叹零丁⑦。
人生自古谁无死，
留取丹心⑧照汗青⑨。

---

①零丁洋：在今广东中山南的珠江口。文天祥于宋末帝赵昺祥兴元年(1278年)十二月被元军所俘，囚于零丁洋的战船中，次年正月，元军都元帅张弘范攻打厓山，逼迫文天祥招降坚守厓山的宋军统帅张世杰。于是，文天祥写下了这首诗。

②"辛苦"句：起一经，指因精通某一经籍而通过科举考试得官。文天祥在宋理宗宝佑四年(1256年)考中状元，后来做到丞相。这句是文天祥在追述自己的早年身世及支撑南宋残局的种种辛苦。

③干戈寥落：寥落意为冷清，稀稀落落。在此指宋元间的战事已经接近尾声。

④四周星：周星，木星十二年绕太阳一周，古人用它来纪年，称十二年为一周星。这是诗人对平生遭遇的回顾。

⑤"山河"句：指国家局势和个人命运都已经难以挽回。

⑥惶恐滩：在今江西万安县，水流湍急，为赣江十八滩之一。宋端宗景炎二年(1277年)，文天祥兵败后经惶恐滩退往福建。

⑦"零丁"句：慨叹当前处境以及自己的孤立无援。诗人被俘后，被囚禁于零丁洋的战船中。

⑧丹心：红心，忠心。

⑨汗青：史册。纸张发明之前，用竹简记事。制作竹简时，须用火烤去竹汗(水分)，故称汗青。这里指历史。

 阅读思考

    1.这首诗里有一句千古名句，千百年来，它激励了无数仁人志士。你知道是哪一句吗？请画出来。

    2."惶恐滩头说惶恐，零丁洋里叹零丁。"这句使用了什么修辞手法？有何妙处？

别云间①

〔明〕夏完淳

三年羁旅客②，
今日又南冠③。
无限河山泪，
谁言天地宽！
已知泉路④近，
欲别故乡难。
毅魄⑤归来日，
灵旗⑥空际看。

---

①云间：旧时松江府的别称，位置大约在今上海市松江区。云间是作者的家乡。

②羁(jī)旅客：停留在路途上的人。作者14岁(1645年)参加抗清斗争，在外飘泊流浪了三年。

③南冠：囚徒的代称。春秋时北方晋国囚禁了一个楚国人，他始终戴着一顶南方的帽子，所以后来把囚徒叫"南冠客"。作者16岁(1647年)被捕。

④泉路：黄泉路，死路。

⑤毅魄：坚毅的魂魄，即英魂。

⑥灵旗：魂幡。古代招引亡魂的旗子。

 阅读思考

1.这是首绝命诗，既表达了作者对故乡亲人的依依不舍，又表达了作者慷慨赴死的决然之心，称得上是侠骨柔情。朗读时要注意抑扬顿挫，先琢磨一下，哪句该上扬，哪句要下抑，用"↗""↘"在句尾做好标记。

2.夏完淳还写下了《狱中上母书》，字字血泪，感人肺腑，希望你也能找来读一读，并结合这首诗谈一谈你的感想。

对 酒

秋瑾

不惜千金买宝刀①，
貂裘换酒②也堪豪。
一腔热血勤③珍重，
洒去犹能化碧涛④。

阅读思考

1.秋瑾是女诗人，自称"鉴湖女侠"，巾帼不让须眉，是近代著名的革命志士。读这首诗一定要找到一种"豪气在胸"的感觉。

2.读完了本单元这四首诗，你对这四个诗人有了哪些了解？查找资料，做一张爱国诗词的小报。

---

①宝刀：秋瑾在日本留学时曾购一宝刀，诗当写于此时。
②貂裘换酒：以貂皮制成的衣裘换酒喝。秋瑾一女子而作如此语，其豪侠形象跃然纸上。
③勤：常常，多。
④碧涛：碧绿的波涛(意即掀起革命的风暴)。

文学聚焦：知人论世读古诗

读古诗、古文有一个重要的原则，就是要"知人论世"。什么是"知人论世"呢？即要深入了解一个人，就要研究他所处的时代背景。

"知人论世"是孟子提出的，孟子说："颂其诗，读其书，不知其人，可乎？是以论其世也，是尚友也。"(语出《孟子·万章下》)孟子认为，文学作品和作家本人的生活思想以及时代背景有着极为密切的关系，因而只有了解作者的生活思想和写作的时代背景，才能客观地、正确地理解和把握文学作品的思想内容。

读诗的同时，最好读一些跟诗人有关的历史记载、历史故事。适合我们小学生看的历史故事有《上下五千年》《吴姐姐讲历史故事》等。

 ## 点子库：诵读古诗的方法

怎样诵读古诗呢？有两种方法，一种是"高声朗诵"，一种是"轻声慢吟"。高声朗诵是为了感受古诗的气势，把自己的精神提起来；轻声慢吟是小声地慢慢地吟诵，是为了体会古诗的韵味所在。

诵读时要注意节奏的停顿，五言诗的节奏是"二、三"的停顿，细分为"二、二、一"；七言诗的节奏是"四、三"的停顿，细分为"二、二、一、二"和"二、二、二、一"。其中，每句诗的前四个字一般都划分为"二、二"，后三个字可以划分为"一、二"或"二、一"。如秋瑾的《对酒》，可以读作：

不惜 / 千金 / 买 / 宝刀，

貂裘 / 换酒 / 也 / 堪豪。

一腔／热血／勤／珍重，

洒去／犹能／化／碧涛。

在诵诗时还要注意句尾押韵的字，或加重语气，或延长音调。无论加重语气还是延长音调都要根据整首诗的意思进行处理。

整本书阅读：

《小王子》

整本书导读

小王子住在一个只比他大一丁点儿的小行星上，他非常喜爱偶然来到他星球上的一朵玫瑰花。但玫瑰花的虚荣伤害了他的情感，他决定告别小行星，开始在太空旅行。他先后访问了六个星球，碰到了六个他完全不能理解和接受的人，感到了成人的荒唐可笑。后来他来到了地球，碰到了沙漠里的飞行员，碰到了小狐狸，懂得了事物的本质是肉眼看不到的，要用心灵去感受。他终于明白自己星球上那朵玫瑰花的与众不同，明白了那些生命的重要。最后，小王子在蛇的帮助下离开了人类居住的地方，重新回到了他自己的星球。

"这是一本用儿童的语言、儿童的心境写给儿童和成人共同阅读的书，是充满诗情和哲理的书。"(程玮)

关于作者

圣埃克絮佩里是一位作家，还是一名飞行员，他的作品大多数都以飞机为工具，从天空的高度观察世界，探索人生。圣埃克絮佩里写童话《小王子》时，自己为它画了插图。插图拙朴稚气，充满梦幻色彩。这个童话不仅是给孩子看的，也是给大人看的。圣埃克絮佩里是一个有着孩子般纯洁心灵的人。他曾经说："我不知道告别童年以后的我是不是真的活过。"

小王子（节选）①

〔法国〕安东·德·圣埃克絮佩里 著　程玮 译

　　小王子离开自己的星球，访问了太空里的六个星球，最后来到人类居住的地方。在这里他同样看到了很多令他惊异的事物，他看到了五千朵与他星球上一样的玫瑰花。他感到自己非常不幸，扑倒在草丛里，哭了起来——

　　就在这时候，出现了一只狐狸。

　　"你好。"狐狸说。

　　"你好。"小王子很有礼貌地回答。他转过身来，但什么也没有看到。

　　"我在这儿，"那声音说，"在苹果树下……"

　　"你是谁？"小王子说，"你很漂亮……"

　　"我是一只狐狸。"狐狸说。

　　"来和我一起玩吧，"小王子建议说，"我很伤心……"

　　"我不能和你一起玩，"狐狸说，"我还没有被驯养呢。"

　　"啊！真对不起。"小王子说。

　　想了想，他追问：

　　"什么叫'驯养'呀？"

　　"你不是本地人。"狐狸说，"你找什么呢？"

　　"我来找人。"小王子说，"什么叫'驯养'呢？"

　　"人有枪，他们还打猎，这很烦！"狐狸说，"他们还养鸡，这大概是他们唯一的兴趣。你是来找鸡的吗？"

　　————————————————
　　①选自《小王子》，长春出版社，2009年7月版。

　　"不，"小王子说，"我是来找朋友的。什么叫'驯养'呢？"

　　"驯养，这是一件已经被人遗忘了的事情，"狐狸说，"它的意思就是'建立信任'。"

　　"建立信任？"

　　"一点不错。"狐狸说，"对我来说，你还只是一个小男孩，就像其他千万个小男孩一样。我不需要你，你也同样用不着我。对你来说，我不过是一只狐狸，和其他千万只狐狸一样。但是，如果你驯养了我，我们就互相不可缺少了。对我来说，你就是世界上唯一的了。我对你来说，也是世界上唯一的了……"

　　"我有点明白了。"小王子说，"有一朵花儿……，我相信，她把我驯养了……"

　　"这是可能的，"狐狸说，"世界上什么样的事都可能发生……"

　　"啊，这不是在地球上的事。"小王子说。

　　狐狸感到十分怪异。

　　"在另一个行星上？"

　　"是的。"

　　"在那个行星上有猎人吗？"

　　"没有。"

　　"这有点意思！那里有鸡吗？"

　　"没有。"

　　"没有十全十美的事情。"狐狸叹息地说。

　　可是，狐狸回到刚才的话题：

　　"我的生活很单调。我逮鸡，人逮我。所有的鸡都一样，所有的人也都一样。因此，我感到有些厌烦了。但是，如果你驯养了我，我的生活一定会充满阳光。你的脚步声就跟其他人的不同，我会分辨出你的脚步声。其他的脚步声会使我躲到地下去，而你的脚步声就会像音乐一样吸引我从洞里走出来。再说，你看！你看到那边的麦田没有？我不吃面包。麦子对我来

217

说，一点用也没有。我对麦田无动于衷。这真使人扫兴。但是，你有着金黄色的头发。哦，一旦你驯养了我，这就会变得十分美妙。麦子的金黄色会使我想起你。而且，我甚至会爱上那风吹麦浪的声音……"

狐狸沉默不语，久久地看着小王子。

"请你……驯养我吧！"他说。

"我是很愿意的。"小王子回答，"可我的时间不多。我还要去寻找朋友，还有许多事物要了解。"

"只有被驯养了的事物，你才会了解它。"狐狸说，"人们不会再有时间去了解任何东西了。他们总是到商店里去买现成的东西。因为世界上还没有商店能买到朋友，所以人也就没有朋友。如果你想要一个朋友，那就驯养我吧！"

"那我该怎么做呢？"小王子说。

"你应当非常耐心。"狐狸回答道，"开始你就这样坐在草丛中，坐得离我稍微远些。我用眼角瞅着你，你什么也别说。话语是误会的根源。但是，每天，你坐得靠我更近些……"

第二天，小王子又来了。

"你最好还是在同一个时间来。"狐狸说，"比如说，你下午四点钟来，那么从三点钟起，我就开始感到幸福。时间越近，我就越感到幸福。到了四点钟的时候，我就会坐立不安；我会体会到幸福的代价。但是，如果你随便什么时候来，我就不知道在什么时候该准备好我的心情……应当有一定的仪式。"

"仪式是什么？"小王子问。

"这也是一件早已被人遗忘的事情了。"狐狸说，"它就是使某一天跟其他的日子不同，使某一时刻跟其他时刻不同。比如说，我的那些猎人就有一种仪式。他们每星期四都和村子里的姑娘们跳舞。于是，星期四就是一个美好的日子！我可以一直散着步走到葡萄园去。如果猎人们什么时候都跳舞，天天又全都一样，那么我也就没有假日了。"

就这样，小王子驯养了狐狸。

当出发的时刻快要来到时，"啊！"狐狸说，"我一定会哭的。"

"这是你的过错，"小王子说，"我本来并不想给你任何痛苦，可你却要我驯养你……"

"是这样的。"狐狸说。

"你就要哭了！"小王子说。

"当然啰。"狐狸说。

"那么你什么好处也没得到。"

"我还是得到好处了，因为我现在爱上了麦子的颜色。"狐狸说。

然后，他又接着说：

"你再去看看那些玫瑰花吧。你一定会明白，你的那朵是世界上独一无二的玫瑰。当你回来跟我告别时，我还会赠送给你一个秘密。"

小王子又去看那些玫瑰。

"你们一点也不像我的那朵玫瑰，你们还什么都不是呢！"小王子对她们说。"没有人信任你们，你们也没有信任任何人。你们就像我的狐狸过去那样，它那时候只是和千万只别的狐狸一样的一只狐狸。但是，我现在已经把它当成了我的朋友，它现在就是世界上独一无二的了。"

这时，那些玫瑰花都很难为情。

"你们很美，但你们是空虚的。"小王子继续对她们说，"没有人能为你们去死。当然啰，我的那朵玫瑰花，在一个过路人的眼里，跟你们也一样。可是，她单独一朵就比你们全体更重要，因为她是我浇灌的。因为她是我放在玻璃罩中的。因为她是我用屏风保护起来的。因为她身上的毛毛虫(除了留下两三只变蝴蝶以外)是我除灭的。因为我倾听过她的牢骚和吹嘘，甚至有时我聆听她的沉默。因为她是我的玫瑰。"

他又回到了狐狸身边。

"再见了。"小王子说道。

"再见。"狐狸说，"这就是我的秘密。很简单：一个人用心灵去看，才看得最清楚。本质的东西，用眼睛是看不见的。"

"本质的东西，用眼睛是看不见的。"小王子重复着这句话，以便能把它记在心里。

"正是你为你的玫瑰花费了时间，才使你的玫瑰变得非常重要。"

"正是你为你的玫瑰花费了时间……"小王子又重复着，使自己记住这些。

"人们已经忘记了这个道理，"狐狸说，"可是，你不应该忘记它。对你驯养过的东西你要永远负责。你要对你的玫瑰负责……"

"我要对我的玫瑰负责……"为了让自己记住，小王子再次重复着。

阅读思考

1.选文中小狐狸所说的"驯养"是什么意思？在小狐狸的眼里，仪式为什么那么重要？

2.小狐狸认为"你的那朵是世界上独一无二的玫瑰"，小王子赞成吗？你赞成小狐狸的观点吗？请你说说在你的生活中对你来说独一无二的东西。

3.小狐狸的秘密是什么？你对小狐狸的这个秘密是如何理解的？

文学聚焦：童话的思辨语言

《小王子》这部童话并没有非常曲折的情节，作者一直在有意识地追求着一种超越生命的价值，所以，语言富于诗情和哲理，借助小王子的经历显现儿童世界与成人世界的不同。小狐狸更如同一个哲学家，说出了作家心中对世界的理解与期待，从而引发读者的思考。所以当你在写作类似的故事时，一定要突出语言的力量，让分享者可以同你一样享受这种思辨带来的冲击。

 ## 微型写作课

在你的生活中，有没有这样的老师、朋友，他们富有哲理思辨的语言让你明白了一些道理，甚至影响了你的行为？这是一个心灵成长的过程，请将这个过程写出来与大家一同分享。

✎ 写作技巧重点：写清楚思辨性语言

重点写出这些语言内在的思辨力量，让读者通过细细品味懂得其中的道理。

 ## 整本书阅读交流

✎ 主题一：关于人物

1.你觉得小王子是个什么样的人呢？你怎么看待他离开自己的星球，最终又回到自己的星球的举动？

2.小王子访问的那些星球上的人有什么特点？从中你能不能看出成人世界与儿童世界的差别？找出其中一个特点仔细分析一下。

3.作品中的"我"是个成人，但似乎与一般的成人又有点不同，你觉得呢？找些例子来说说这些不同。

 主题二：关于主题

1."我"为什么觉得"这些大人们自己什么都不懂"？对这个问题，请结合你自己的生活谈谈你的感想。

2.小狐狸说："本质的东西，用眼睛是看不见的。""对你驯养过的东西你要永远负责。"谈谈你对事物的本质和对责任的理解。

3.在《小王子》中，作者用简单、朴素而又富有诗情和思辨力的语言表现了非常浓烈的情感，如小狐狸关于"爱上那风吹麦浪的声音"那段，如小王子面对一园子玫瑰花的那段。请你自己找一段，细细体会一下蕴含其中的语言魅力。

推荐阅读

书名：《夜航·人类的大地》
作者：〔法国〕圣埃克絮佩里 著　刘君强 译
出版社：上海译文出版社
出版时间：2003年3月

这是一本由八篇文章组成的散文集，每章都有一个主题，独立成篇，从航线说到飞行、飞机和行星、绿洲、沙漠、沙漠中心，最后归结到人。贯穿这些文章的线索是飞行员的感受、激情和思索，是一种崇高的"使命感"，是作者对友谊、责任、勇气、毅力的颂扬，是对人类、文明、战争、品质的深层思考。

图书在版编目（CIP）数据

我的母语课. 6 B 级 / 亲近母语研究院编著. — 青岛：青岛出版社，2013.2

ISBN 978-7-5436-9170-4

Ⅰ. ①我… Ⅱ. ①亲… Ⅲ. ①儿童文学－作品综合集－世界

Ⅳ. ①I18

中国版本图书馆CIP数据核字(2013)第026650号

书　　名	**我的母语课（6B 级）**
编　　著	亲近母语研究院
出版发行	青岛出版社
社　　址	青岛市海尔路182号（266061）
本社网址	http://www.qdpub.com
邮购电话	13335059110　0532-85814750（传真）　0532-68068026
策划组稿	谢　蔚
责任编辑	王龙华
特约编辑	王世锋
全书插画	孔　雀
封面设计	于兆海
版式设计	滕　乐
制　　版	山东水文印务有限公司
印　　刷	青岛乐喜力科技发展有限公司
出版日期	2013年3月第1版　2013年3月第1次印刷
开　　本	16开（710mm × 1000 mm）
印　　张	15
字　　数	300千
书　　号	ISBN 978-7-5436-9170-4
定　　价	29.80元

编校质量、盗版监督服务电话 4006532017　0532-68068670

青岛版图书售后如发现质量问题，请寄回青岛出版社出版印务部调换。

电话：0532-68068629

本书建议陈列类别：儿童读物